단순한 열정

단순한 열정

Annie Ernaux
Passion simple

아니 에르노

최정수 옮김

문학동네

차례

『우리 둘』잡지는 사드보다 더 외설스럽다.

롤랑 바르트

올여름 나는 처음으로 텔레비전에서 포르노 영화를 보았다. 카날 플뤼스에서 방영한 것이었다. 내 텔레비전에는 디코더*가 달려 있지 않아 화면은 흔들리고 대사는 지글거리고 찰랑대는 이상한 소음으로 들려서 마치 끊이지 않고 부드럽게 계속되는 미지의 언어 같았다. 스타킹을 신고 코르셋을 한 어떤 여자의 실루엣과 한 남자의 모습이 흐릿하게 보였다. 내용은 잘 이해되지 않았고, 동작과 몸짓이 무엇을 의미하는지도 짐작할 수 없었다. 남자가 여자에게 다가갔다. 화면 가득히 여자의 성기가

---

* 특정 수신자만 시청할 수 있도록 한 텔레비전 수신 장치.

나타났다. 화면이 번쩍거렸지만 그것은 아주 잘 보였다. 이윽고 남자의 발기한 성기가 여자의 그곳으로 미끄러져 들어갔다. 아주 오랜 시간 동안 두 성기 사이의 피스톤 운동이 여러 각도에서 비춰졌다. 성기를 움켜쥔 남자의 손이 보이고, 정액이 여자의 배 위로 쏟아졌다. 대부분의 사람들은 이런 장면에 익숙하겠지만, 포르노 영화를 처음 보는 나로서는 무척 당혹스러웠다. 옛날 같으면 죽을 때까지 볼 수 없었던 성기의 결합 장면이나 남자의 정액을, 수 세기가 흐르고 여러 세대가 지난 요즈음엔 거리에서 악수를 나누는 장면만큼이나 쉽게 볼 수 있게 된 것이다.

아마도 이번 글쓰기는 이런 정사 장면이 불러일으키는 어떤 인상, 또는 고통, 당혹스러움, 그리고 도덕적 판단이 유보된 상태에 줄곧 매달리게 될 것 같다.

작년 9월 이후로 나는 한 남자를 기다리는 일, 그 사람이 전화를 걸어주거나 내 집에 와주기를 바라는 일 외에는 아무것도 할 수 없었다. 나는 슈퍼마켓에 가고, 영화를 보고, 세탁소에 옷을 맡기러 가고, 책을 읽고, 원고를 손보기도 하면서 전과 다름없이 생활했다. 그러나 오랫동안 몸에 밴 습관이 아니었다면, 그리고 끔찍스럽게 노력하지 않았다면, 이런 일상마저 내게는 불가능했을 것이다. 특히 사람들과 대화를 나눌 때면 내가 완전히 넋을 잃고 사는 게 아닌가 하는 생각이 들었다. 말이나 문장, 웃음조차도 내 생각이나 의지와는 무관하게 내 입 속에서 저절로 생겨나는 듯했다. 게다가 나는 내가 한 행동, 내가 본 영화,

내가 만난 사람들을 또렷이 기억해낼 수가 없었다. 나의 모든 행동이 자연스럽지가 않았다. 내 의지나 욕망, 그리고 지적 능력이 개입되어 있는 행동(예측하고, 찬성하고 반대하고, 결과를 짐작하는)은 오로지 그 남자와 관련된 것뿐이었다.

신문에서 그 사람의 나라에 관한 기사를 읽는다(그 사람은 외국인이었다).
옷과 화장품을 고른다.
그에게 편지를 쓴다.
침대 시트를 갈고 방에 꽃을 꽂아놓는다.
다음 만남을 위해 그에게 잊지 않고 말해야 할 것과 그의 관심을 끌 만한 이야기들을 메모해둔다.
함께 보낼 저녁을 위해 위스키와 과일, 각종 음식을 사둔다.
그 사람이 오면 어느 방에서 사랑을 나눌지 상상한다.

사람들과 이야기를 나눌 때 내가 관심을 갖는 유일한 화제는 그 사람의 직업이나 나라, 혹은 그 사람이 가봤던 장소 등, 그 사람과 관련 있는 것들뿐이었다. 언젠가 한 여자와 이야기를 나누던 중 내가 갑자기 그녀의 이야기에 관심을 보인 적이 있다. 그녀는 내가 이야기 자체보다는 자신의 화술에 이끌려서 그런다고 생각하는 눈치였다. 그러나 사실은 A가 나를 만나기 십 년 전 아바나로 출장 갔을 때, 여자가 말한 '피오렌디토'라는 나이

트클럽에 들르지 않았을까 하는 생각이 들었고, 오직 그것이 내 흥미를 끌었을 뿐이다. 내가 피오렌디토에 대한 이야기를 관심 있게 듣자 고무된 그녀는 내게 무척이나 세세하게 그곳을 묘사해주었다. 마찬가지로, 책을 읽을 때 나의 마음을 휘어잡는 문장은 남녀관계를 묘사한 대목이었다. 그런 내용은 내게 A에 관한 무언가를 가르쳐주었고, 사실이라고 믿고 싶었던 것들에 확신을 주었다. 가령, 그로스만의 『삶과 운명』에서 "서로 사랑하는 사람들은 포옹할 때 눈을 지그시 감는다"라는 구절을 읽으면, A가 나를 안을 때 그렇게 하던 기억이 떠오르면서 그가 나를 사랑하고 있구나, 하는 생각이 들었다. 책에 쓰여 있는 그 밖의 다른 내용들은 그 사람과 다시 만날 때까지의 빈 시간을 메워주는 수단일 뿐이었다.

약속 시간을 알려올 그 사람의 전화 외에 다른 미래란 내게 없었다. 내가 없을 때 그의 전화가 올까봐 그가 알고 있는 일정에 한해서, 일에 관계된 어쩔 수 없는 용건을 제외하고는 가능한 한 외출을 하지 않았다. 또 행여 전화벨 소리를 못 들을까 진공청소기나 헤어드라이어를 사용하는 일조차 피했다. 때때로 전화벨 소리는 수화기를 천천히 집어들고 "여보세요?"라고 말할 때까지의 짧은 순간 동안 내가 가졌던 기대를 여지없이 무너뜨리기도 했다. 그 사람의 전화가 아니라는 것을 알고 나면,

실망이 너무나 큰 나머지 전화선 너머에 있는 상대방을 증오하게 될 정도였다. 그러나 A의 목소리를 확인할 때는 거의 질투심마저 일었던 고통스럽고 긴 기다림이 너무도 순식간에 사라져버려, 마치 제정신을 잃었다가 느닷없이 정상으로 돌아온 듯한 기분이었다. 나는 또한 수화기에서 들려오는 목소리의 태연함과 그것이 내 삶에서 차지하고 있는 터무니없는 비중에 크게 놀랐다.

그 사람이 한 시간 후에 도착한다고 알려오면—그런 경우는 그가 아내의 의심을 사지 않고 늦게 들어갈 수 있는, 말하자면 좋은 '기회'였다—나는 또다른 기다림 속으로 빠져든 나머지 생각을 할 수도, 무언가를 바랄 수도 없는 상태가 되어버렸다 (내가 즐길 수 있을지 자문해보아야 할 정도였다). 샤워를 하고 유리잔을 꺼내놓고 매니큐어를 바르고 집 안을 정돈하는 일 등, 정작 해야 할 일은 하지 못하고 그저 마음이 들떠서 부산을 떨 뿐이었다. 나는 내가 기다리는 사람 말고는 아무도 알지 못했다. 자동차가 문 앞에 와서 멈추는 소리, 자동차 문이 닫히는 소리, 문지방을 넘는 그 사람의 발소리가 들리는 순간이 오면 나는 항상 온 신경이 곤두서면서 알 수 없는 두려움에 사로잡히곤 했다.

그 사람이 전화로 사나흘쯤 후에 들르겠다고 알려와 그 사람과의 다음번 만남까지 시간 여유가 생기면, 그 사람을 만나기 전에 해야 할 일들, 예를 들면 친구들과의 식사 약속마저 짜증스럽기만 했다. 그 사람을 기다리는 일 외에는 아무것도 하고 싶지 않았다. 그리고 무슨 일이 생기기라도 해서 우리의 약속이 깨지면 어쩌나 하는 조바심에 시달렸다. 어느 날 오후, 나는 차를 몰아 집으로 가는 중이었고 그는 30분 후에 도착할 예정이었다. 그때 문득 교통사고가 날지도 모른다는 생각이 들었다. 그러자 곧 '내 삶이 여기서 끝나게 될지도 몰라' 하는 생각이 들었다.*

일단 화장을 하고 머리 손질을 하고 집 안 정리를 끝내고 나면, 설령 시간이 남는다 해도 원고를 고친다거나 책을 읽는 일은 절대로 불가능했다. A를 기다리는 것 외의 다른 일에 조금이라도 정신을 빼앗겨 마음을 흐트러뜨리고 싶지 않았기 때문이다. 나는 가끔 백지 위에 날짜, 시간, 그리고 "그가 올 거야"라는 문장을 적고 그 사람이 오지 않으면 어쩌나, 그 사람의 사랑이 식었으면 어쩌나 하는 두려운 마음을 끄적였다. 그리고 저녁이 되면 같은 종이에 "그 사람이 왔다"고 쓰고 우리 만남의 세세한 사항들을 두서없는 글로 적어두었다. 그런 다음 그 사람을 만나

---

* 나는 종종 내가 저지르거나 당할 다소 비극적인 사고나 질병을 상상해서 그것으로 내 욕망을 저울질해보는 버릇이 있었다. 이는 상상을 통해 내가 그 대가를 치를 준비가 되어 있는지 알아봄으로써 내 욕망이 운명에 대항할 만큼 큰지 그 정도를 측정해보는 방법이었다. 예를 들어 '내가 지금 쓰고 있는 글을 완성할 수 있다면 내 집이 불에 타버려도 괜찮아' 하고 상상하는 식이다.(원주)

기 전과 후에 쓴 두 글의 내용이 끊기지 않고 자연스럽게 이어진 것을 보고는 잠시 멍한 기분을 느꼈다. 두 글 사이에는 값을 따질 수 없는, 그 사람과 내가 나눈 대화와 몸짓이 있었다. 나는 글쓰기를 통해 그것들을 붙잡아두려고 했다. 그 사람의 자동차 르노 25가 멈춰 서는 소리와 떠나려고 시동을 거는 소리에 의해 다른 시간들과 엄격히 구분된 이 시간의 공간 속에서, 나는 이 남자와 함께 침대에서 보낸 오후 한나절의 뜨거운 순간이, 아이를 갖는 일이나 대회에서 입상하는 일, 혹은 멀리 여행을 떠나는 일보다 내 인생에서 훨씬 중요하다는 것을 깨달았다.

사실 그 순간은 단지 몇 시간 동안 지속되었을 뿐이다. 나는 그가 도착하기 직전에 시계를 풀어놓고 그 사람과 함께 있는 동안에는 차지 않았다. 반면에 그는 언제나 시계를 차고 있었다. 그리고 난 머지않아 그 사람이 조심스레 시계를 훔쳐볼 시간이 다가오리라는 것을 알고 있었다. 나는 얼음을 가지러 부엌에 들어가서 문 위에 걸려 있는 벽시계를 쳐다보며 "두 시간밖에 남지 않았어" "이제 한 시간……" 혹은 "한 시간 후면 저 사람은 가고 나만 혼자 남게 되겠지" 하는 말들을 힘없이 중얼거렸다. 그러다가 문득 "도대체 현재란 어디에 있는 걸까?" 하고 나 자신에게 물어보았다.

그 사람은 천천히 옷을 입으며 떠날 준비를 했다. 나는 그 사람이 와이셔츠의 단추를 채우고, 양말을 신고, 팬티와 바지를 입고 나서 넥타이를 매기 위해 거울 앞으로 돌아서는 모습을 바라보았다. 이제 재킷만 걸치면 저 사람은 떠나겠지. 나는 나를 관통하여 지나가는 시간 속에 살고 있을 뿐이었다.

그 사람이 떠나자 엄청난 피로가 나를 짓눌러왔다. 곧바로 집 안을 정리하지 못했다. 나는 유리잔, 음식 부스러기가 남아 있는 접시, 담배꽁초가 수북이 쌓인 재떨이, 방바닥과 복도에 흩어져 있는 겉옷과 속옷 들, 카펫에 떨어진 침대 시트 등을 물끄러미 바라보았다. 하나하나 어떤 몸짓이나 순간의 의미를 지니고 있는 그 물건들을, 그것들이 이루는 생생한 무질서를 지금 상태 그대로 보존하고 싶었다. 그것들은 미술관에 소장된 다른 어떤 그림도 내게 주지 못할 힘과 고통을 간직한 하나의 그림을 이루고 있었다. 나는 그 사람이 내게 남겨놓은 정액을 하루라도 더 품고 있기 위해 다음 날까지 샤워를 하지 않았다.

우리가 지금까지 몇 번이나 사랑을 나누었는지 헤아려보았다. 사랑을 할 때마다 무언가 새로운 것이 우리 관계에 보태어진다는 느낌이 들었지만, 동시에 쾌락의 행위와 몸짓이 더해지는 만큼 확실히 우리는 서로 조금씩 멀어져가고 있었다. 우리는 욕망이라는 자산을 서서히 탕진하고 있었다. 육체적인 강렬함 속에서 얻은 것은 시간의 질서 속에 사라져갔다.

그날 밤을 나는 그 사람의 품 안에서 잠든 듯한 반수半睡 상태로 지냈다. 날이 밝자 그 사람이 내게 해준 말과 애무를 한없이 되새기면서 마비 상태로 또 하루를 보냈다. 그 사람은 외설스러운 프랑스어 단어를 몰랐다. 아니면 그런 말들이 그 사람의 나라에서는 사회적으로 금지된 말도 아니고 다른 말들과 마찬가지로 평범해서 굳이 사용할 필요를 느끼지 않았는지도 모르겠다(그 사람 나라말의 상스러운 표현들이 내게는 일반적인 말로 여겨지듯이). RER* 안에서나 슈퍼마켓에서도 그 사람이 "당신 입으로 거길 애무해줘" 하고 속삭이는 목소리가 들려오는 듯했다. 한번은 오페라 역에서 그 사람을 생각하며 몽상에 빠져 있다가 지하철을 놓치기도 했다.

이런 몽롱한 상태에서 서서히 벗어나면, 나는 다시 전화를 기다리기 시작했다. 마지막으로 만난 날짜에서 멀어질수록 고통과 불안은 점점 커졌다. 시험을 치르고 결과를 통보받지 못한 채 시간이 계속 흐르면 시험에 떨어진 게 틀림없다고 생각하게 되듯이, 그의 전화를 받지 못한 채로 여러 날이 지나면 그 사람이 나를 떠난 게 틀림없다고 단정짓곤 했다.

---

* 파리와 그 외곽을 잇는 고속 전철.

그 사람과 함께일 때를 제외하고 내게 행복한 순간이 있다면, 그건 새옷이나 귀고리, 스타킹 등을 사들고 집에 돌아와 거울 앞에서 하나하나 몸에 맞춰보는 때였다. 그저 바람일 뿐 불가능한 일이겠지만, 그 사람에게 언제나 색다른 멋진 모습을 보여주겠다는 희망으로 가득 차는 순간이었다. 물론 그 사람은 기껏해야 새옷이나 신발에 오 분 정도 눈길을 줄 테고 그것들은 그 사람이 떠날 때까지 방구석 어딘가에 아무렇게나 팽개쳐져 있을 것이었다. 언젠가 그 사람이 다른 여자에게 욕망을 품게 되기라도 하면, 이런 치장도 아무 소용이 없으리라는 것도 잘 알고 있었다. 하지만 똑같은 옷을 다시 입고 그 사람 앞에 나선다는 것이 내겐 그 사람과의 만남을 일종의 완벽한 것으로 만들려는 노력을 소홀히 하는 일처럼 느껴져 견딜 수가 없었다. 또 나는 우리 관계에 최선을 다하기 위해 가끔 서점에 들러 『육체적 사랑의 기교』라는 책을 뒤적여보았다. 책의 제목 밑에는 "70만 부 판매 돌파!"라고 쓰여 있었다.

가끔, 이러한 열정을 누리는 일은 한 권의 책을 써내는 것과 똑같다는 느낌이 들었다. 장면 하나하나를 완성해야 하는 필요성, 세세한 것까지 정성을 다한다는 점이 그랬다. 그리고 몇 달에 걸쳐서 글을 완성한 후에는 죽어도 괜찮다는 생각이 드는 것처럼, 이 열정이 끝까지 다하고 나면―'다하다'라는 표현에

정확한 의미를 부여하지는 않겠다—죽게 되더라도 상관없을
것만 같았다.

나는 자주 만나는 사람들과 이야기를 하다가 혹시라도 내 속
마음을 드러내는 일이 없도록 적잖이 노력해야 했다. 끊임없이
주의를 기울여야 하는 쉽지 않은 일이었다. 언젠가 미용실에서
한 수다스러운 여자를 만난 적이 있었다. 파마기에 머리를 들
이밀고 앉아 있던 그녀가 불쑥 "그 남자가 마치 섬세한 신경이
라도 다루듯 조심스레 나를 애무하더라니까요"라고 말하기 전
까지는 다들 평범한 이야기들을 주고받고 있었다. 그러나 그 여
자의 말이 끝나자마자 사람들은 그런 고백이 정신이상의 증거
라도 된다는 듯 눈에 띄지 않을 만큼 아주 신중하게 거리를 두
고 그 여자를 대하는 것이었다. 내가 감정에 겨워 "난 요즘 열정

을 느끼며 살고 있어요"라고 말했다가 그 여자처럼 이상한 사람 취급을 받게 될까 두려웠다. 그러면서도 슈퍼마켓의 계산대나 은행 창구 같은 곳에서 많은 여자들 틈에 끼여 서 있을 때면, 저 여자들도 나처럼 머릿속에 한 남자를 끊임없이 생각하며 살고 있는지 아니면 예전에 내가 그랬던 것처럼 주말 약속이나 레스토랑에서의 식사, 헬스클럽의 미용체조 강습, 아이들의 성적표 따위나 기다리며 무의미하게 살아가고 있는지 궁금했다. 지금의 내겐 그런 종류의 모든 일들이 하찮고 무덤덤하게 느껴질 뿐이었다.

요즘은 '한 남자와 미친 듯한 사랑'을 하고 있다거나 '누군가와 아주 깊은 관계'에 빠져 있다거나 혹은 과거에 그랬었다고 숨김없이 고백하는 사람을 보면, 나도 내 마음을 털어놓고 싶은 충동을 느낀다. 그러나 이야기를 하고 공감에서 느끼는 행복감이 사라지고 나면, 그것이 아무리 사소한 것이었더라도 그렇게 마구 이야기해버린 것을 후회했다. 대화를 나누면서 "맞아요. 나도 그래요. 나도 그런 적이 있어요" 하고 남의 말에 맞장구를 치다가도 어느 순간 갑자기 이런 말들이 내 열정의 실상과는 아무 상관없는 쓸데없는 것으로 느껴지는 것이었다. 이 알 수 없는 감정 속에서 무언가가 사라져가고 있었다.

가끔 내 집에 묵으러 오는 아들들에게 나는 그 사람과의 관계를 감추지 않았다. 그와의 관계를 수월하게 유지하기 위해 필요한 최소한의 것들을 아들들에게도 일러두었다. 그래서 아이들은 집에 와도 되는지 알기 위해 미리 전화를 걸어주었고, A가 온다는 연락이 있으면 집에 있다가도 서둘러 돌아갔다. 이렇게 주변을 정리해두었기 때문에 최소한 겉으로는 아무 문제도 생기지 않았다. 그러나 어렸을 적에 불장난 같은 연애사건을 부모에게 숨겼듯이 아이들에게도 이번 일을 비밀로 하는 편이 나았을지도 몰랐다. 물론 아이들에게 판단받고 싶지 않아서였다. 부모와 자식은 육체적으로 너무도 가까우면서도 완벽하게 금지되어 있어서, 서로의 성적 본능을 이해하고 받아들이기가 무척 불편한 사이이기 때문이다. 아이들이 엄마의 알 수 없는 침묵과 멍한 시선 속에 드러나는 육체적 욕망을 자연스럽게 받아들일 수 있을 것인가. 아이들은 그런 순간에 빠져 있는 엄마를 늙은 수고양이를 따라다니는 발정난 암고양이쯤으로 생각할 뿐이다.*

---

*『마리 클레르』지의 인터뷰 기사를 보면 젊은이들은 이혼했거나 별거중인 어머니가 연애를 하는 것에 대해 가차없이 비난하고 있다. 한 소녀는 원망에 가득 찬 말투로 "엄마의 애인은 엄마가 허황된 꿈만 꾸게 만들어요"라고 주장했다. 하지만 외로운 엄마에게 그보다 더 위안이 되는 일이 있을까?(원주)

그 사람과 사귀는 동안에는 클래식 음악을 한 번도 듣지 않았다. 오히려 대중가요가 훨씬 마음에 들었다. 예전 같으면 관심도 갖지 않았을 감상적인 곡조와 가사가 내 마음을 뒤흔들었다. 그런 노래들은 솔직하고 거리감 없이 열정의 절대성과 보편성을 말해주었다. 실비 바르탕이 노래한 〈사람아, 그건 운명이야〉를 들으면서 사랑의 열정은 나만이 겪는 게 아니라는 것을 알게 되었다. 대중가요는 그 당시 내 생활의 일부였고, 내가 사는 방식을 정당화시켜주었다.

여성잡지를 펼치면 제일 먼저 운세란을 읽었다.
오시마의 〈감각의 제국〉처럼 나 자신의 이야기를 하는 영화를 보고 싶었는데, 너무 오래된 영화라 상영하는 곳이 없어 무척 실망했다.

저녁에 그 사람의 전화가 오기를 빌면서 지하철 역에 쭈그리고 앉아 있는 거지들에게 적선을 했다. 내 멋대로 날짜를 정해놓고, 그때까지 그 사람이 나를 보러 오면 자선단체에 200프랑을 기부하겠다고 마음먹기도 했다. 평소의 생활습관과 다르게 나는 그런 식으로 돈을 마구 썼다. 하지만 내게 그런 일은 A를 향한 나의 열정으로부터 분리시킬 수 없는, 지극히 필요한 정상적인 지출로 생각되었다. 내 지출 목록에는 그 사람을 기다리며 꿈꾸듯 보내버린 시간과 매번 그것이 마지막인 것처럼(마지막이 아니라고 누가 장담할 수 있겠는가?) 몸을 가누지 못할 정도로 열정적인 사랑을 나누며 쇠잔해져 버린 내 육체도 포함되어 있었다.

그 사람과 함께 있던 어느 날 오후, 펄펄 끓는 물이 들어 있는 커피 포트를 잘못 내려놓는 바람에 거실의 카펫을 태워버렸다. 하지만 나는 아무렇지도 않았다. 오히려 불에 탄 그 자국을 볼 때마다 그 사람과 함께 보낸 열정적인 순간을 떠올릴 수 있어서 행복했다.

일상생활에서 가끔 일어나는 귀찮고 짜증스러운 일에도 나는 무덤덤했다. 두 달이 넘도록 계속되는 우편집배원들의 파업에도 신경 쓸 이유가 없었다. A는 절대로 내게 편지를 보내지 않았으니까(물론 결혼한 남자로서의 신중함 때문이었다). 나는 도로가 막히거나 은행 창구가 붐벼도 조용히 기다렸고, 직원들이 불친절해도 화를 내지 않았다. 어떤 일에도 초조해하지 않았다. 또 나는 사람들에 대하여 연민과 고통과 우정이 뒤섞인 묘한 감정을 느꼈다. 일없이 공원 벤치에 누워 있는 사람들, 매춘부들을 찾아가는 사람들, 그리고 통속소설에 정신이 빠져 있는 여자들을 진심으로 이해할 수 있을 것 같았다(그렇지만 내 안의 무엇이 그 사람들과 닮았는지는 딱 꼬집어 말할 수 없었다).

한번은 벌거벗은 채로 냉장고에 맥주를 꺼내러 가면서, 어릴 때 내가 살던 동네의 여자들이 문득 생각났다. 혼자 사는 여자도 있고, 결혼해서 남편과 아이와 사는 여자도 있었는데, 그들은 오후 시간에 은밀히 외간남자를 끌어들였다(동네 사람들도 모두 그런 사실을 알고 있었다. 하지만 사람들이 그 여자들의 행실이 단정치 못하다고 비난했는지 아니면 창문을 닦아야 할 낮 시간을 쾌락을 좇는 데 낭비했다고 비난했는지 분간하는 것은 불가능했다). 어쨌든 나는 그 여자들을 생각하면서 깊은 만족감을 느꼈다.

요즈음 나는 내가 매우 소설적인 형태의 열정을 지닌 채 살고 있다는 느낌이 들었다. 그렇지만 지금으로서는 그걸 어떤 형식으로 써야 할지 잘 알 수가 없다. 증언의 형식으로 쓸 것인지 아니면 여성잡지에서 흔히 보듯 고백 수기의 형태로 쓸 것인지, 아니면 선언문이나 보고서 또는 해설서의 모양새를 한 꾸밈없는 소설을 쓸 수도 있을 것 같았다.

나는 남녀관계에 대한 이야기를 만들려는 것이 아니다. 그렇다고 "그 사람이 11월 11일에 다녀갔다"라거나 "그리고 몇 주가 흘렀다" 하는 식으로 정확한 날짜를 밝히는 연대기적인 서술 방식으로 글을 쓰고 싶지도 않다(그런 것들은 절반가량은 기억이 나지 않는다). 우리 관계에서 그런 시간적인 개념은 내게 아무런 의미가 없다. 나는 그저 존재 혹은 부재만을 알고 있을 뿐이었다. 나는 '언제나'와 '어느 날' 사이에서 끊임없이 동요하면서 열정의 기호들을 모으고 있었다. 그 기호들을 한데 모으면 나의 열정을 좀더 사실적으로 그려낼 수 있을 것 같았다. 사실을 열거하거나 묘사하는 방식으로 쓰인 글에는 모순도 혼돈도 존재하지 않는다. 그런 글은 순간순간 겪은 것들을 음미하는 방식이 아니라, 어떤 일을 겪고 나서 그것들을 돌이켜보며 남들이나 자기 자신에게 이야기하는 방식인 것이다.

내 열정의 근원을 알기 위하여 정신분석학자들이 하듯이 내 오래된 과거나 최근의 경험을 더듬어 찾아낼 생각은 없다. 어린 시절 이래로 내게 영향을 준 심리적인 모델을 근거로 해석하고 싶지도 않다(『바람과 함께 사라지다』나 『페드라』, 혹은 에디트 피아프의 샹송도 오이디푸스 콤플렉스만큼이나 결정적인 역할을 한다). 나는 내 열정을 일일이 설명하고 싶지는 않다. 그것은 정당화되어야 할 실수나 무질서로 여겨질 수도 있다. 나는 다만 있는 그대로 보여주고 싶을 뿐이다.

글을 쓰는 데 내게 미리 주어진 것이 있다면, 그것은 아마도 내가 열정적으로 살 수 있게 해주는 시간과 자유일 것이다.

그는 이브 생 로랑 정장과 세루티 넥타이, 그리고 대형 승용차를 유난히 좋아했다. 동구 출신인 그 사람은 고속도로에서 운전할 때면 프랑스에서 마음껏 자유를 누릴 작정인 듯, 항상 옷을 잘 차려입고 라이트를 켠 채 한마디 말도 없이 전속력으로 달렸다. 그리고 누가 자신을 보고 알랭 들롱을 닮았다고 하면 굉장히 좋아했다. 그는 외국인들이 흔히 그러하듯 프랑스의 지적이고 예술적인 것들이 불러일으키는 가치를 높이 평가하면서도 실제로 그다지 매료되는 것 같지는 않았다. 텔레비전 프로도 오락 프로나 〈샌타바버라〉 같은 통속극을 즐겨 보았다. 하지만 그런 것은 아무래도 좋았다. 프랑스 사람에게서 그런 모습을 보았다면 틀림없이 사회적 신분 차이에서 비롯되는 이질적인 취향이라고 생각했을 테지만, 그 사람의 경우엔 외국인으로서의 문화적인 차이로 느껴질 뿐이었다. A의 그런 모습에서 나 자신에게도 분명히 있을, 지극히 '인간적인' 부분을 확인하게 되는 것 같아 오히려 즐겁기까지 했다.

어렸을 때 나는 옷이나 음반, 여행 같은 것에 유난히 욕심이 많아서, 친구들이 그런 물건을 가지고 있다거나 여행을 떠난다고 하면 무척이나 부러워했었다. 지금 A나 A의 나라 사람들이 서구의 호화스러운 상점 진열장에 놓인 비디오나 멋진 셔츠를 갖고 싶어하는 것처럼.*

동구 사람들이 대개 그렇듯 그 사람도 술을 많이 마셨다. 그 사람이 술을 많이 마시면 집으로 돌아가는 길에 고속도로에서 교통사고라도 나면 어쩌나 걱정이 되긴 했지만, 술 취한 모습이 불쾌하지는 않았다. 그 사람이 몸을 제대로 가누지 못해 비틀거리거나 나를 끌어안으며 트림을 해도 말이다. 반대로 꾸밈없고 조금은 천박한 모습으로 그 사람과 내가 화합할 수 있다는 생각에 내심 행복했다.

나는 나와의 관계가 그 사람에게 어떤 의미인지 도대체 알

---

* A는 지금도 이 세상 어디엔가 살고 있다. 나는 그 사람의 신분이 드러날 수도 있는 예민한 정보에 대해서는 자세히 이야기할 수 없다. 그 사람은 이제 '그의 삶'을 살고 있다. 다시 말해 지금의 그에게 자신의 삶을 값지고 성공적인 것으로 이끄는 일보다 더 소중한 일은 없다. 그 사람의 입장이 나와 다르다는 사실이 나로 하여금 그 사람의 신분을 밝힐 수 없게 만든다. 나는 그 사람을 내 존재를 위해 선택한 것이지 책의 등장인물로 삼기 위해 선택한 것은 아니다.(원주)

수가 없었다. 처음에는 나를 바라보며 "여기 오려고 미친 듯이 차를 몰았어"라고 말할 때 그 사람의 얼굴에 떠오르는 행복한 표정이나 말한 뒤의 어색한 침묵, 그리고 자신의 어린 시절 얘기를 들려주는 것에서 그 사람 역시 내가 느끼는 만큼의 열정을 가지고 있다고 생각했다. 하지만 그런 확신은 머지않아 흔들리고 말았다. 그 사람의 행동이 신중해지기 시작했고, 나와의 관계에 깊이 빠져들지 않으려고 조심하는 기색이 역력히 보였던 것이다. 그러나 그 사람이 자기 아버지에 대해 말하거나 열두 살 때 친구들과 어울려 산딸기를 따러 다니던 이야기를 들려주면 그런 의심은 깨끗이 사라져버렸다. 친구들로부터 꽃이나 책을 선물받게 되면 나는 기쁘기보다는, 그 사람은 내게 지금껏 한 번도 이런 선물을 하지 않았다는 사실에 마음이 쓰였다. 하지만 이내 '그 사람은 욕망이라는 값진 선물을 하고 있잖아'라는 생각으로 그런 마음조차도 떨쳐버릴 수 있었다. 그 사람의 질투는 나에 대한 사랑의 유일한 증거라는 생각에, 나는 그 사람이 하는 말 중에서 질투의 증거로 생각되는 것은 탐욕스럽게 기억해두려고 노력했다. 그러나 오래지 않아, "크리스마스 휴가에 여행 떠날 거야?"라는 그 사람의 물음은 그저 흔한 일상적인 물음일 뿐이지 내가 누구와 스키를 타러 갈 것인지 알아보기 위해 우회적으로 하는 질문은 아니라는 사실을 알게 되었다(어쩌면 그 사람은 그사이에 다른 여자를 만날 생각으로 내가 여행을 떠나기를 바랐던 걸까?). 나는 가끔 나와 정사를 나누며 보낸 오후가 그 사람에게 어떤 의미일지 자문해보았다. 정사를 나눈다는 것, 그 자체일 뿐이겠지. 어쨌든 또다른 이유를 찾는다는 것은 무의미한 일이었다. 내가 확신할 수 있는 것은 단 하나뿐일 테니 말이다. 그 사람이 나를 욕망하느냐 욕망하지 않느냐 하는 것. 그것은 그 사람의 성기를 보면 당장에 알 수 있는, 유일하고도 명백한 진실이었다.

그 사람은 내가 관광 안내책자나 사진을 통해서나 알고 있는 나라의 생소한 문화에 길들여진 외국인이었기 때문에 나는 그의 행동을 완전히 이해하기가 힘들었다. 우선 서로에 대한 이해의 폭이 제한되어 있다는 사실이 내게는 적잖은 실망을 안겨주었다. 그 사람은 프랑스어를 어느 정도 할 줄 알지만 나는 그 사람의 모국어를 전혀 못 한다는 것 때문에 실망은 더욱 컸다. 나는 우리가 서로 완벽하게 이해할 수 있으리라는 생각은 환상일 뿐임을 깨달았다. 그 사람이 쓰는 프랑스어는 일상적인 용례에서 벗어나는 경우가 잦았고, 나는 그가 하려고 했던 말을 추론해본 후 그 사람이 한 말을 상황에 맞는 다른 말로 바꿔주었다. 나는 처음부터 끊임없이 남들의 놀람과 혼란을 의식해야 하는 특권을 갖고 있었다. 왜냐하면 사랑하는 사람이 외국인이니까.

그 사람이 유부남이라는 사실은 내게 많은 제약을 강요했다. 전화를 하거나 편지를 보낼 수도 없고, 선물을 할 수도 없었다. 그 사람을 난처하게 만들 게 분명하기 때문이었다. 그리고 그 사람이 한가할 때나 겨우 만날 수 있었다. 하지만 나는 별로 불평하지 않았다.

나는 그 사람이 내 집에서 떠날 때 미리 써둔 편지를 직접 그에게 건네주곤 했다. 한 번 읽고 나면 조각조각 찢어서 고속도로에 날려버릴 것이 뻔하지만, 그렇다고 편지 쓰는 일을 그만둘 수는 없었다.

나는 그 사람의 몸이나 옷에 나의 흔적이 남지 않도록 신경을 썼다. 그것은 그 사람과 아내 사이에 문제가 생기는 일을 피하게 하려는 배려인 동시에, 그런 문제로 인해 그 사람이 내게서 떠나가는 일이 없도록 하려는 나름의 계산에서였다. 같은 이유로 그 사람이 아내를 동반하는 자리에서는 그 사람과 맞닥뜨

리지 않으려고 애썼다. 그녀가 보는 앞에서 나도 모르게 그 사람의 목덜미를 쓰다듬는다거나 옷매무새를 고쳐주는 따위의 행동을 함으로써 우리 관계를 들키지 않을까 두려웠기 때문이다. (그리고 나는 그의 부인을 볼 때마다 그녀와 정사를 나누는 그 사람의 모습을 떠올리며 고통을 느끼고 싶지 않았다. '손안에 있는' 아내와 나누는 정사에 대해 그가 별다른 의미를 부여하지 않을 거라는 생각으로 위안을 삼아봤지만, 그런 장면을 연상할 때 느껴지는 고통은 어찌할 수 없었다.)

여러 가지 제약이 바로 기다림과 욕망의 근원이었다. 그 사람은 항상 공중전화로 내게 전화를 했는데, 공중전화에 고장이 잦아 수화기를 들어도 상대방의 목소리가 들리지 않는 경우가 종종 있었다. 오래지 않아 나는 벙어리 전화가 걸려오고 15분쯤 지나면 틀림없이 그 사람의 전화가 다시 걸려온다는 사실을 알게 되었다. 고장난 전화기 주변에서 제대로 작동되는 전화기를 찾아내는 동안의 시간이었다. 그러므로 처음의 벙어리 전화는 그 사람의 목소리를 듣게 되리라는 신호였고, (드물게) 찾아오는 행복을 알려주는 확실한 약속이었다. 또한 그가 내 이름을 다정하게 부르며 "지금 만날 수 있지?"라고 말할, 가장 행복한 순간 직전에 울려퍼지는 아름다운 전주곡이었다.

저녁에 텔레비전을 보고 있노라면 그 사람도 나와 같은 방송이나 영화를 보고 있지 않을까 궁금해졌다. 특히 그 내용이 사랑이나 에로티시즘을 다룬 것이거나 우리와 비슷한 상황에 처해 있는 사람들의 이야기인 경우에는 더욱 그랬다. 〈이웃집 여인〉을 볼 때는 그 사람도 나처럼 우리와 등장인물들을 비교하면서 보고 있을 거라고 상상했다. 그 사람이 실제로 이 영화를 보았다고 말하면, 그 역시 그날 저녁 나를 떠올리며 이 영화를 보았을 것이고, 영화를 통해 우리 관계를 더욱 아름답고 정당하게 느꼈을 거라고 믿어버렸다. (반대로 영화로 인해 우리 관계가 그 사람에게 위험하게 생각됐을 수도 있다는 불안감은 애써 떨쳐버렸다. 혼외정사를 다룬 영화*는 한결같이 비극으로 끝나게 마련이니까.)

때로, 그 사람이 내 생각을 전혀 하지 않고 하루를 보내는 건 아닐까 자문해보기도 했다. 나는 존재하지도 않는다는 듯이 태연히 잠자리에서 일어나 커피를 마시고 이야기하고 웃는 그 사람의 모습이 눈앞에 보이는 듯했다. 한시도 그 사람에 대한 생각에서 벗어나지 못하는 나와의 차이 때문에 너무나 불안해졌다. 어떻게 그럴 수가 있을까. 아니다. 그 사람도 분명히 아침부

---

* 피알라 감독의 〈룰루〉, 블리에 감독의 〈내겐 너무 예쁜 당신〉 등등.(원주)

터 저녁까지 내 생각만 하는 자신의 모습에 깜짝 놀랄 것이다. 설령 그렇지 않더라도 내 태도가 옳은 건지 그 사람이 옳은 건지 굳이 가려낼 필요는 없다. 그저 그 사람보다 내가 더 운이 좋다고 생각하면 그만이었다.

파리 시내를 걷다가 세련되고 교양 있어 보이는 남자들이 운전하는 대형 승용차들이 거리에 늘어서 있는 것을 보면, A도 그들과 특별히 다를 게 없다는 생각이 들었다. 그들은 모두 사회적 성공을 꿈꾸고, 이삼 년마다 한 번씩 정부를 바꿔가며 성욕을 해소하고 사랑을 즐기는 그런 종류의 사람들이었다. 이렇게 생각하자 마음이 편해지고 그 사람에 대한 집착에서 어느 정도 벗어날 수 있었다. 그러면서 다시는 그 사람을 만나지 않으리라 다짐했다. 그 사람 역시 BMW나 르노 25를 타고 다니며 거들먹거리는 중년 남자들처럼 언젠가는 내게 아무 의미도 없는 익명의 사람으로 변하리라는 생각이 들었기 때문이다. 그러나 계속 거리를 걷다가 상점의 쇼윈도에 진열된 원피스나 란제리를 보게 되면, 어느새 나는 그 사람과 만날 다음번 내 모습을 그려보는 것이었다.

내가 그 사람과 거리감을 느끼는 순간은 외부적인 요인에 의해 일시적으로 오는 것일 뿐, 나 스스로 애써 그런 것들을 찾아내려고 하지는 않았다. 오히려 그 사람에 대한 집착에서 벗어나지 않기 위해 이전에 즐기던 독서나 외출 따위의 모든 활동을 자제했다. 나는 완벽한 한가로움을 갈망했다. 나는 상사가 요구하는 시간 외 근무를 무례하게 느껴질 정도로 단호히 거절했다. 내 열정이 불러일으키는 느낌과 상상의 이야기에 자유롭게 전념하지 못하도록 나를 방해하는 것들에 맞설 권리가 있다고 나는 생각했다.

RER이나 지하철, 혹은 대합실, 그리고 잠시 한눈을 팔 수 있는 장소라면 어디든, 나는 앉기만 하면 이내 A를 생각하며 몽상에 빠져들었다. 이런 상태에 들어서는 순간, 나는 온몸에 경련이 일어날 만큼 행복해졌다. 그리고 머릿속에 수많은 영상과 기억들이 넘쳐나서, 마치 머릿속으로도 몸의 다른 기관들처럼 육체적 쾌락을 느끼는 것 같았다.

이런 이야기들을 숨김없이 털어놓는 것을 나는 조금도 부끄럽게 생각하지 않는다. 이 글이 쓰이는 때와 그것을 나 혼자서 읽는 때, 그리고 사람들이 그것을 읽는 때는 이미 시간상으로 상당한 차이가 있을 테고, 어쩌면 남들에게 이 글이 읽힐 기회가 절대로 오지 않을지도 모르기 때문이다. 남들이 읽게 되기 전에 내가 사고로 죽을 수도 있고, 전쟁이나 혁명이 일어날지도 모른다. 그런 시간상의 차이 때문에 나는 마음놓고 솔직하게 이 글을 쓸 수가 있다. 열여섯 살 때 일광욕을 한답시고 하루 종일 몸을 태우고, 스무 살 때는 피임도 하지 않은 채 겁없이 섹스를 즐겼던 것처럼 나중 일을 미리 두려워할 필요는 없기 때문이다.

(그러므로 자기가 겪은 일을 글로 쓰는 사람을 노출증 환자 쯤으로 생각하는 것은 잘못이다. 노출증이란 같은 시간대에 남들에게 자신을 드러내 보이고 싶어하는 병적인 욕망이니까.)

봄이 되자 나의 기다림은 더욱 빈번해졌다. 5월 초부터 때이른 더위가 기승을 부렸다. 거리에 여름옷들이 보이기 시작했고 노천 카페는 사람들로 꽉 들어찼다. 어떤 여자가 목멘 듯한 소리로 불러대는 람바다 곡이 끊임없이 들려왔다. 이 모든 것들이 내가 나의 바깥에서 찾아내 A에게 부여할 수 있는 새로운 쾌락의 가능성을 의미하는 듯했다. 프랑스에서의 A의 직위나 역할은 뭇 여성들의 숭배를 끌어내기에 충분해 보였다. 반면 내게는 그 사람을 내 곁에 붙들어둘 만한 별다른 매력이 없는 것 같았다. 파리 시내에 나가게 될 때면 나는 어느 거리에서든 그 사람이 옆자리에 여자를 태운 채 차를 몰고 가는 장면을 보게 될

지도 모른다는 생각을 했다. 나는 만약 그런 경우를 당하더라도 오만하고 무심하게 보이기 위해 짐짓 태연한 척 똑바로 몸을 펴고 걸었다. 그런 일은 한 번도 일어난 적이 없는데도 나는 결코 자세를 바꾸지 않았다. 그가 분명히 다른 곳에 있는데도 불구하고 나는 그 사람이 나를 지켜보고 있다고 상상하면서 이탈리앵 거리를 진땀을 흘리며 걸었다. 차창을 내리고, 카스테레오의 볼륨을 한껏 높이고, 소Sceaux 공원이나 뱅센 숲으로 차를 모는 그 사람의 환영이 나를 뒤쫓았다.

어느 날인가는 텔레비전 프로그램 소식지에서 공연차 파리에 온 한 쿠바 무용단에 관한 기사를 읽은 적이 있었다. 기자는 쿠바 여인들의 섹시한 매력과 자유분방한 기질을 강조했다. 거기에는 인터뷰에 응한 무용수의 사진이 실려 있었다. 검은 머리에 키가 크고 미끈한 다리를 가진 매력적인 여자였다. 기사를 읽어가면서 불길한 예감이 점점 커졌다. 마침내 나는 A가 쿠바에 갔을 때 사진 속의 그 무용수를 만난 적이 있다고 확신하기에 이르렀다. 다음 순간 그 여자와 함께 호텔방에 있는 A의 모습이 눈앞에 떠올랐다. 그 순간만큼은 누군가가 그런 일은 있을 수 없다고 아무리 설명해도 나를 납득시킬 수 없었을 것이다. 오히려 내게는 그런 일이 일어나지 않았다는 가정이 바보 같고 상상할 수 없는 일이었다.

그 사람이 만나자는 전화를 걸어왔다. 그가 전화하기를 백 번도 더 기다렸지만, 달라지는 것은 아무것도 없었다. 나는 여전히 고통스러운 긴장감에서 놓여나지 못했다. 그 사람의 진짜 목소리마저도 나를 행복하게 해주지 못할 상태에 빠져 있었던 것이다. 우리가 함께 사랑을 나누는 순간이 아니면 모든 것이 부족하게만 느껴졌다. 더구나 나는 언젠가 그 사람이 떠나는 순간이 올 거라는 강박관념에 시달렸다. 나는 고통스러운 미래의 쾌락 속에 살고 있었다.

그 사람의 전화만 기다리며 고통을 겪는 일이 너무 끔찍해서 그와 헤어지기를 원했던 적이 수도 없이 많았다. 그럴 때면 나는 그 사람과 헤어지는 순간을 머릿속에 그려보았다. 아무것도 기대하지 않으며 사는 나날들이 되풀이되겠지. 나는 결국 어떤 대가를 치르더라도, 그 사람에게 다른 여자, 아니 여러 여자가 있다고 하더라도(그의 곁에 있는 여자가 한 명일 경우 내 고통은 더욱 커질 것이다) 그 사람과의 만남을 계속하기로 했다. 모든 것이 사라지리라는 걸 예감하면서도, 지금이 오히려 행복하다고 생각했다. 어쩌면 특권일 수도 있는 질투 때문에 미칠 듯이 그 사람과 끝내버리기를 원하는 현재의 상황이. 그런 날이 온다면 그것은 내 의지 때문이 아니라, 그 사람이 나를 떠나는 바로 그날일 것이기 때문이다. 내가 아니라 그 사람이.

먼발치에서 그를 바라보기만 해야 하는 것이 견딜 수 없어서, 나는 사람들이 많이 모이는 장소에서 그 사람과 마주치는 것을 의식적으로 피했다. 그래서 나와 A가 함께 초대받은 개막식 행사에도 참석하지 않았다. 그러나 그날 저녁 내내, 나를 처음 만난 날 내게 그랬던 것처럼 어떤 여자 곁에 서서 환심을 사기 위해 웃고 있는 그 사람의 모습이 머릿속을 떠나지 않았다. 얼마 후에 누군가가 그날의 모임은 시시한 사람 서너 명이 참석한 재미없는 행사였다는 얘기를 들려주었다. 나는 그 친구의 말을 속으로 되뇌며 내심 안도했다. 모임의 분위기와 참석한 여자의 숫자가 남녀의 우연한 만남과 무슨 관련이라도 있다는 듯이. 사실 그 사람이 원한다면, 여자를 유혹할 마음이 있다면, 여자 한 명으로도 충분한데 말이다.

나는 그 사람이 주말을 어떻게 보내는지, 어디에 가는지 자세히 알고 싶었다. '아마 지금쯤 그는 퐁텐블로 숲에 있을 거야. 거기서 조깅을 하고 있을 거야. 그는 도빌로 가는 중일 거야. 아내와 함께 해변을 거닐고 있겠지' 하는 식으로 상상을 해보았다. 그 사람의 일정을 알면 안심이 되었다. 그 사람이 어떤 시간, 어떤 장소에 있을 거라는 상상을 하면서 그 사람의 부정不貞에 대비했다. (이렇게 집요하게 상상을 하는 것은, 내 아들들이 파티에 가거나 바캉스를 떠났을 때 내가 그 장소를 알고 있으면 사고나 마약, 또는 익사의 위험에서 아이들이 보호받을 수 있을 거라고 믿는 것과 흡사했다.)

    그 사람과 사귀던 해 여름에는 바캉스를 떠나고 싶지 않았다. 아침에 혼자서 호텔방에서 깨어나, 그 사람의 전화도 기다릴 수 없는 긴 하루를 맞이해야 한다는 생각 때문이었다. 하지만 여행을 포기하는 것은 그에게 "난 당신한테 완전히 빠져 있어"라고 말하는 것보다 더 분명하게 내 열정을 고백하는 행위였다. 그 사람과의 관계를 끝내야 한다는 생각에 사로잡혀 있던 어느 날, 나는 피렌체로 가는 두 달 후의 기차편과 호텔방을 예약했다. 이런 방식의 이별이 매우 만족스러웠다. 어쩔 수 없게 되었을 때 헤어지는 것보다 이러는 편이 훨씬 낫다고 생각했다. 하지만 떠날 날짜가 다가오자 오래전부터 알고는 있었지만 전혀 준비하지 못한 시험을 앞두고 있는 듯한 기분이 들었다. 무언가가 나를 짓누르는 듯했고, 쓸데없는 일을 했다는 생각이 들었다. 기차의 침대칸에서 나는 일주일 후에 같은 기차편을 타고 파리로 돌아오고 있는 내 모습을 끊임없이 그려보았다. 그러자 말로 표현할 수 없을 만큼 행복했다. 하지만 그 행복감은 이내 불안으로 바뀌었다. (내가 피렌체에서 죽을 수도 있어. 그럼 그 사람을 다시는 볼 수 없을 거야.) 기차가 파리에서 점점 멀어질수록 불안은 더욱 커졌다. 가고 다시 돌아오는 여정이 영원히 끝나지 않는 끔찍한 일처럼 느껴졌다.

더욱 끔찍한 노릇은 이미 여행을 온 이상은 방 안에 틀어박혀 파리로 돌아갈 기차만 기다릴 수 없다는 것이었다. 여행 때면 늘 하던 대로 문화 유적지를 돌아보거나 거리를 산책하면서 여행 온 것을 입증해야 했다. 나는 올트라르노 거리와 보볼리 정원에 갔고, 산미켈란젤로 광장과 산미니아토까지 몇 시간 동안을 걸었다. 문이 열려 있는 성당마다 들어가서 세 가지 소원을 빌었다(셋 중의 하나쯤은 이루어지리라 믿었기 때문이다. 물론 세 가지 소원은 모두 A와 관련된 것이었다). 나는 서늘하고 조용한 성당 구석에 앉아 내가 만들어낸 수많은 각본 중 하나를 세세하게 그려보았다(그 사람과 함께 피렌체로 여행을 온다든지, 십 년 후에 공항에서 우연히 다시 만난다든지 하는 것들이었다). 이런 상념들이 아침부터 밤까지 어디서나 끊임없이 나를 따라다녔다.

사람들이 가이드를 졸졸 따라다니며 각각의 작품이 만들어진 때와 특징 등 자신들의 삶과는 아무런 연관이 없는 이야기에 귀를 기울이고 있는 모습이 내겐 도무지 이해가 되지 않았다. 내가 예술작품에 관심을 갖는 경우는 그것이 열정과 관계가 있을 때뿐이었다. 나는 바디아 성당에 다시 갔다. 단테가 베아트리체를 만난 장소이기 때문이었다. 반쯤 닳아서 지워진 산타크로체의 프레스코 벽화를 바라보다가 우리의 이야기도 나와 그 사람의 기억 속에서 언젠가는 저 빛바랜 그림처럼 되고 말 거라는 생각이 들자 몹시 혼란스러워졌다.

박물관에서도 사랑을 표현한 작품들만 눈에 들어왔다. 남자의 나체상에 마음이 끌렸다. 그것들을 보며 A의 어깨선을, 배를, 성기를, 그리고 특히 허리에서 서혜부로 이어지며 안쪽으로 부드럽게 파인 곡선을 떠올렸다. 미켈란젤로의 다비드 상 앞에서는 발걸음을 뗄 수가 없었다. 남성의 육체가 가진 아름다움을 여자가 아닌 남자가 그토록 뛰어나게 표현할 수 있었다는 사실이 너무나 놀라워 고통스러울 정도였다. 그 당시 여자들이 처한 상황을 고려한다 하더라도, 그것으로는 완전히 설명되지 않는 무언가 석연치 않은 구석이 있었다.*

돌아오는 기차 안에서, 나는 내가 마치 글을 쓰듯이 피렌체에 나의 열정을 새겨두었다는 생각이 들었다. 거리를 걸을 때나 박물관을 둘러볼 때나 A의 영상이 내 머릿속을 떠나지 않았다. 모든 것을 그 사람과 함께 보고, 그 사람과 함께 식사하고, 그 사람과 함께 아르노 강가에 있는 시끄러운 호텔에서 잠을 잤다.

---

* 같은 경우로 나는 쿠르베의 그림만큼 말로 표현할 수 없는 감정을 불러일으키는 그림이 여자에 의해 그려진 적이 없다는 사실이 유감스러웠다. 〈세상의 근원〉이라는 제목이 붙은 쿠르베의 그림은 누워 있는 여인을 그린 것인데, 여인의 얼굴은 보이지 않고 전면에 성기가 그대로 노출되어 있다.(원주)

한 여자가 한 남자를 사랑한 이야기를 읽으려면 피렌체로 다시 가기만 하면 될 것 같았다. 그것은 바로 내 이야기였다. A의 영상에 사로잡힌 채 레스토랑에서 주문을 위해 몇 마디 한 것을 빼고는 거의 입을 열지 않고 지낸 일주일이 내게는 사랑을 완성시키기 위한 시련기로 생각되었다. (어떻게 해보려는 생각으로 내게 다가와 말을 거는 남자들이 어이없게 느껴질 정도였다. 내가 한 남자만을 생각하느라 얼이 빠져 있는 게 그들에겐 보이지 않았단 말인가?) 나는 그 사람이 곁에 없을 때조차도 상상과 욕망으로 대리 만족을 느끼고 있었다.

그 사람은 6개월 전 프랑스를 떠나 자기 나라로 돌아갔다. 다시는 그 사람을 만나지 못할 것이다. 처음에는 새벽 두시면 어김없이 잠에서 깨어났다. 내가 죽었는지 살아 있는지조차 알 수 없었다. 온몸이 아팠다. 나는 고통에서 벗어나고 싶었다. 그러나 고통은 도처에 있었다. 차라리 방에 강도라도 들어와 나를 죽여주었으면 싶었다. 낮 동안에는 버려졌다는 상실감에 사로잡혀 하는 일 없이 우두커니 앉아 있지 않기 위해, 끊임없이 무슨 일이든 하려고 노력했다(상실감에 사로잡힌다는 말은 내게 우울증에 빠지거나 술을 마시기 시작하는 것을 의미한다). 같은 의도로 멋을 부려보거나 진하게 화장도 해보고 안경 대신

콘택트렌즈를 끼어보기도 했다. 물론 이런 연극을 하는 데는 용기가 필요했다. 나는 텔레비전을 볼 수도, 잡지를 뒤적일 수도 없었다. 향수나 전자레인지 광고를 보면 남자를 기다리는 여자의 모습만 연상되었다. 길을 걷다 속옷 가게 앞을 지나게 되면 고개를 돌렸다.

상태가 상당히 심각해지자, 나는 카드점 치는 사람을 찾아가 상담을 받고 싶어졌다. 그것만이 내게 삶의 의욕을 불어넣어줄 것 같았다. 어느 날 컴퓨터 통신으로 점쟁이들의 목록을 찾아보았다. 목록은 길었다. 샌프란시스코 대지진과 달리다*의 죽음을 예언했다는 한 여자 점쟁이의 주소가 눈에 들어왔다. 이름과 전화번호를 적는 동안 지난달에 A를 생각하며 새 원피스를 고르던 때와 비슷한 희열을 느꼈다. 아직도 내가 그 사람을 위해 뭔가 할 수 있을 것 같았다. 하지만 나는 점쟁이를 찾아가지 않았다. 그 사람이 다시는 돌아오지 않을 거라는 예언을 듣게 될까 두려웠다. 나는 '내가 그에게로 가면 돼'라고 생각했다. 내가 왜 그에게 가지 않는 것인지 알 수 없었다.

어느 날 밤, 에이즈 검사를 해봐야겠다는 생각이 들었다. '그 사람이 내게 그거라도 남겨놓았는지 모르잖아.'

---

* 1987년 자살한 프랑스의 인기 여가수.

나는 필사적으로 그 사람의 몸을 머리끝부터 발끝까지 떠올려보았다. 그 사람의 푸른 눈, 이마 위에서 물결치던 그 사람의 머리카락, 어깨의 곡선이 자세히 생각났다. 그 사람의 치아와 입 안의 감촉이 느껴졌고, 허벅지의 모양이며 꺼끌꺼끌하던 살갗마저 만져지는 것 같았다. 내가 그 사람을 떠올리는 행위와 환각 사이에, 그리고 그 사람에 대한 나의 기억과 광기 사이에는 차이점이 전혀 없는 듯했다.

한번은 침대에 누워 자위를 했는데, 그 사람도 내 배 위에서 같은 것을 느꼈을 거라는 생각이 들었다.

몇 주 동안,

나는 한밤중에 잠에서 깨어나 아침까지 깨어 있는 것도 아니고 그렇다고 무슨 생각을 할 수도 없는 몽롱한 상태로 있곤 했다. 푹 자고 싶었지만 그가 계속 내 몸 아래에 있는 듯한 느낌 때문에 잠을 이룰 수가 없었다.

날이 밝아도 일어나고 싶지가 않았다. 아무런 계획이 없는 무의미한 하루가 내 앞에 버티고 있었다. 시간은 더이상 나를 의미 있는 곳으로 이끌어주지 못했다. 단지 나를 늙게 할 뿐이었다.

슈퍼마켓에 가면, '이젠 내게 저런 것들(위스키나 아몬드 같은)은 필요없지'라는 생각을 했다.

속옷이나 구두를 보면, 예전엔 한 남자를 위해 샀지만 이젠 단순히 요즘 유행하고 있는, 내겐 아무런 의미 없는 것들이라는 생각이 들었다. 내가 사랑하는 사람을 위해서, 내 사랑을 나타내기 위해서가 아니라면 도대체 저런 것들을 갖고 싶어 할 까닭이 있을까? 온몸에 한기가 몰려와 숄을 둘러야 할 지경이었다. '다시는 그 사람을 볼 수 없을 거야.'

아무도 만나고 싶지 않았다. 그러나 결국 내가 찾아가게 되는 사람들은 A와 내가 사귀는 동안 알고 지내던 사람들이었다. 그들은 나의 열정을 짐작할 것이다. 그들에게 특별한 관심이나 존경심을 갖지는 않았지만 애착을 느끼고 있었다. A의 몸짓, 태도, 혹은 눈을 닮아서 예전에 좋아했던, 텔레비전에 나오는 탤런트나 사회자를 보고 있을 수가 없었다. 나와 상관이 없는 다른 사람에게서 그 사람의 모습을 본다는 것은 기만이었다. 나는 A를 닮은 그 작자들이 정말 싫었다.

만약 이달 말까지 그 사람이 내게 전화를 해온다면 자선단체에 500프랑을 기부하겠다고 마음속으로 맹세했다.

호텔이나 공항에서 그 사람과 우연히 마주친다거나 그 사람이 내게 편지를 보내올 경우를 상상해보았다. 그 사람이 하지도 않은 말에 대답하고, 보내지 않을 편지에 답장을 하기도 했다.

작년에 그 사람과 마주쳤던 장소—치과나 교수 모임 등—
에 다시 가게 되면 그때 입었던 옷을 꺼내 입었다. 같은 상황
이 같은 결과를 불러와 그 사람이 저녁에 전화를 해주리라는
기대에서였다. 자정이 가까운 시각에 낙심하여 잠자리에 들
면서 비로소 내가 하루 종일 그 사람이 정말로 전화해줄 것
으로 믿었다는 사실을 깨달았다.

불면증에 시달리던 중 한번은 A와 만나기 바로 전에 베네치
아에서 일주일간 혼자 휴가를 보내던 때를 회상했다. 자테레 거
리와 주데카 뒷골목으로 되돌아가서, 내가 보낸 시간과 장소를
되새겨보고 싶었다. 라 칼치나 호텔 별관의 작은 방에 있던 모
든 것들을 하나하나 다시 떠올려보았다. 작은 침대, 구치올로
카페 뒤쪽으로 나 있는 창문, 흰 천이 덮여 있던 테이블, 그 위
에 나는 책을 올려놓았었다. 그 책들의 제목도 떠올려보았다.
그곳, A와 만나기 바로 전에 내가 묵은 장소에 있었던 물건들을
퍼내듯이 한 가지씩 열거했다. 그렇게 하면 과거를 다시 살려낼
수 있을 것 같았다. 그런 믿음으로 인해 정말로 베네치아에, 같
은 호텔, 같은 방에 다시 가보고 싶은 충동이 일었다.
  이 기간 동안 나의 생각, 나의 행동들은 모두 과거를 되풀이
하는 것이었다. 현재를, 행복을 향해 열려 있던 과거로 바꾸어
놓고 싶었다.

나는 하루하루를 시간을 헤아리며 지냈다. '그 사람이 떠난 지 이 주일째야. 이제 다섯 주가 지났구나.' '작년 오늘에는 내가 거기 있었지. 나는 이러이러한 일들을 했어.' 쇼핑센터가 새로 문을 열었다거나 고르바초프가 파리를 방문했다거나 마이클 창이 롤랑 가로스 테니스 대회에서 우승을 했다거나 하는 화젯거리가 있어도 내게 떠오르는 건, '예전엔 그 사람이 여기 있었는데' 하는 생각이었다. 나는 특별할 것도 없었던 그 당시의 순간들을 돌이켜보았다. 소르본 대학의 자료실에 들르고, 볼테르 거리를 거닐고, 베네통에서 스커트를 입어보던 그때를. 그렇게 과거를 되새기다보니, 왜 한 방에서 다른 방으로 옮겨가듯 지금 현재에서 그 시절 그 순간으로 돌아갈 수는 없는 것인지 의문이 생겼다.

과거로 돌아가고 싶은 갈망은 꿈속에서도 나타났다. 꿈속에서 나는 살아서 다시 나타난 내 어머니와 이야기를 하고 언쟁도 했다. 하지만 꿈속에서 나도 어머니 자신도 어머니가 이미 죽었다는 사실을 알고 있었다. 이상한 건 아무것도 없었다. 어머니의 죽음은 기정사실처럼 그녀를 따라다녔다. 그게 전부였다. (나는 이런 꿈을 자주 꾸었던 것 같다.) 또 한번은 피크닉을 갔다가 실종된 후 수영복 차림의 시체로 발견된 한 소녀를 꿈에서 보았다. 소녀가 살해당하는 모습이 생생하게 재현되었다.

그 아이는 마치 자신이 죽게 되는 과정을 보여주기 위해 다시 살아난 것 같았다. 하지만 판단하는 입장에서는 그 소녀가 죽었다는 사실을 이미 알고 있기 때문에 재현이라는 과정을 이해할 수가 없었다. 다른 꿈들도 꾸었다. 나는 가방을 잃어버리거나 길을 잃고 헤매고 있었다. 어떤 때는 기차 시간이 다 되었는데도 가방을 미처 챙기지 못해 허둥거리기도 했다. 많은 사람들 속에서 A를 보았지만 그 사람은 나를 보지 않았다. 우리는 함께 택시를 탔고 내가 그를 애무했지만 그 사람의 성기는 꼼짝도 하지 않았다. 얼마 후에 그 사람이 다시 나타나 나를 원했다. 벽을 따라 나 있는 길을 지나 우리는 한 카페 화장실에 이르렀다. 그 사람이 아무 말 없이 나를 안았다.

주말이면 나는 일부러 집안 청소나 정원 손질 같은 고된 육체노동에 매달렸다. 저녁이 되면 나는 완전히 지쳐버렸다. A가 내 집에서 오후를 지내고 갔을 때처럼 사지가 마비되어 꼼짝도 할 수 없었다. 그러나 그것은 타인의 육체에 대한 기억이 없는, 혐오를 불러일으키는 공허한 피로감이었다.

언제인지 정확한 날짜는 알 수 없지만, A가 떠난 지 두 달쯤 지난 후부터 "작년 9월 이후로 나는 한 남자를 기다리는 일 외에는 아무것도 할 수 없었다"라는 문장으로 시작되는 나의 이야기를 쓰기 시작했다. A와의 관계에 관련된 것들은 무엇이든 정확히 기억할 수 있었다. 예를 들어 10월의 알제리 소요라든가 1989년 7월 14일의 흐린 하늘과 더위, 그리고 6월, 그 사람과 만나기 전날 밤 믹서를 산 것 같은 사소한 일들까지도 기억하고 있었다. 그러나 폭우에 대해서, 혹은 베를린 장벽이 무너진 일이나 차우세스쿠의 처형처럼 지난 5개월간 벌어진 세계적인 뉴스들 가운데 하나를 한 페이지 정도로 자세히 써내라고 한다면, 나는 할 수 없다. 글을 쓰는 시간은 열정의 시간과는 전혀 상관이 없었다.

그런데도 내가 글을 쓰기 시작한 이유는, 어떤 영화를 볼 것인지 선택하는 문제에서부터 립스틱을 고르는 것에 이르기까지 모든 일이 오로지 한 사람만을 향해 이루어졌던 그때에 머물고 싶었기 때문이다. 첫 페이지부터 계속해서 반과거 시제를 쓴 이유는, 끝내고 싶지 않았던 '삶이 가장 아름다웠던 그 시절'의 영원한 반복을 말하기 위한 것이었다. 또한 예전의 기다림이나 전화벨 소리, 만남을 대신하고 있는 나의 고통을 묘사하는 것이기도 하다. (지금도 첫 페이지를 다시 읽으면 그 사람이 내 집에 머무는 동안 입고 있다가 떠날 때 벗어놓은 목욕 가운을 바라보고 만지면서 느끼는 것과 똑같은 고통이 생생히 되살아난다. 다른 점이 있다면 이 글은 나에게, 그리고 어쩌면 다른 사람들에게도 항상 어떤 의미를 가질 수 있겠지만, 처음부터 내게만 의미가 있었던 목욕 가운은 언젠가는 나에게조차 아무 소용이 없어져 헌옷 더미 속으로 던져지리라는 것이다. 이렇게 쓰다보니 목욕 가운을 버리지 말아야겠다는 생각이 든다.)

그러나 나는 계속해서 살고 있다. 다시 말해, 글을 쓴다고 해서 그 사람의 부재가 느껴지지 않는 것은 아니었다. 잠시 쉬는 동안에도 마찬가지였다. 이제 더이상은 독특한 억양을 가진 그 사람의 목소리를 들을 수 없고, 그 사람의 몸을 만질 수도 없다. 현실 속의 그 사람은 A라는 이니셜로 내 글 속에 쓰이고 있는 남자보다도 더 먼 곳에, 내 앞에 나타날 수 없는 추운 도시에서 자신의 삶을 살아가고 있다. 나는 슬픔을 가라앉혀주고, 절망밖에 없을 때 희망을 갖게 해주는 방법이란 방법은 다 써보았다. 카드점을 쳐보기도 하고, '그 사람이 전화해주기를, 그 사람이 돌아와주기를' 하고 소원을 빌며 오베르 역의 거지에게 10프랑을 주기도 했다. (사실, 글을 쓰는 것도 그런 방법들 중 하나라고 할 수 있다.)

사람들을 만나는 건 싫었지만 코펜하겐에서 있을 세미나에 참석하기로 했다. 그 사람에게 은밀히 엽서를 보낼 수 있는 기회가 되리라는 생각 때문이었다. 엽서를 보내면 그 사람이 분명히 답장을 할 거라고 굳게 믿었다. 코펜하겐에 도착하면서부터 나는 줄곧 엽서를 사서 떠나기 전에 미리 공들여 구상해둔 문장들을 옮겨 적고 우체통을 찾아 부치는 일만을 생각했다. 돌아오는 비행기 안에서, 나는 오직 한 남자에게 엽서를 보낸다는 구실 하나만으로 코펜하겐까지 간 셈이었음을 새삼 확인했다.

A가 있을 때는 대강 훑어보고 말았던 책들을 다시 찬찬히 읽고 싶어졌다. 책들을 펴면 그때의 꿈과 기다림이 고스란히 들어 있는 것 같고, 그때의 내 열정을 다시 발견한 듯한 느낌이 들었다. 하지만 돌연 미신적인 생각에 이끌려 책을 읽지 않기로 마음먹었다. 『안나 카레니나』 같은 책은 왠지 불행의 고통을 감수하지 않고는 읽어서는 안 될 비의적인 작품이라는 생각이 들었기 때문이다.

한번은 갑자기 17구에 있는 카르디네 거리에 가보고 싶은 격렬한 욕망이 일었다. 그곳은 20년 전 내가 낙태수술을 받은 곳이었다. 무슨 일이 있어도 그 거리, 그 건물을 다시 보고 그 일이 있었던 방에 올라가봐야 할 것 같았다. 옛날의 그 쓰라린 고통이 지금의 아픔을 덜어주리라는 막연한 희망 때문이었다.

말제르브 역에서 내려 광장으로 들어섰다. 광장의 이름은 내게 아무것도 환기시켜주지 않았다. 채소 장수에게 길을 물어야 했다. 카르디네 거리를 가리키는 안내판은 반쯤 지워져 있었다. 거리에 있는 건물들은 흰 페인트로 말끔히 단장되어 있었다. 기억을 더듬어 번지수를 찾아내, 문을 밀고 안으로 들어섰다. 그 거리에서는 드물게 디지 코드*가 없는 건물이었다. 벽에는 그 건물에 살고 있는 거주자들의 명단이 붙어 있었다. 지금은 노파가 되었을 그 조산사는 죽었는지 아니면 교외의 양로원으로 들어갔는지, 명단에는 상류층으로 보이는 사람들의 이름만 있을 뿐이었다. 카르디네 다리 쪽으로 걸어가자니 옛날의 내 모습이 떠올랐다. 수술을 마치고 나온 내가 행여나 쓰러질까 걱정이 되어 괜찮다는데도 굳이 가까운 역까지 데려다주겠다며 따라나선 조산사와 함께 저 다리를 지나갔었다. '그때 내가 여길 지나갔지' 하며 생각에 빠져들었다. 나는 과거에 실제로 일어난 일과 허구 사이에는 어떤 차이가 있는지 가늠해보았다. 소설 속 인물에 대해서는 직접 겪은 일이 아니라는 사실 때문에 '그때 내가 여길 지나갔지' 하는 구절이 나오더라도 미심쩍은 감정이 들 수밖에 없을 것이다.

말제르브 역에서 다시 지하철을 탔다. 이런 행동으로 아무것

---

* 비밀번호를 입력해 문을 여는 장치.

도 달라지진 않았지만, 이 일을 해냈다는 점에서, 그리고 이 또한 한 남자에게서 비롯된, 완전히 버려진 것을 되살려낸 일이라는 점에서 나는 아주 만족스러웠다.

(낙태수술을 받은 장소에 다시 가보는 사람이 나 한 사람뿐일까? 다른 사람들도 나와 똑같은 경험을 하고 나와 똑같은 감정을 느끼며 살아가고 있는지 알아보려고, 아니면 내가 느끼는 감정들이 지극히 정상이라는 것을 확인받으려고 내가 이 글을 쓰는 것은 아닌지 자문해보았다. 혹은 그들이 언제 어디선가 읽었다가 잊고 있었던 것들을 내 글을 통해 다시 경험할 수 있을지 모른다는 바람 때문인지도 모르겠다.)

어느덧 4월이다. 이제는 아침에 잠에서 깨어나자마자 곧바로 A 생각을 하지는 않는다. 친구들과 이야기를 한다거나 영화를 본다거나 외식을 하는 등 '일상의 작은 기쁨'을 누려보겠다는 생각에도 거부감을 덜 느끼게 되었다. 나는 지금도 여전히 열정의 시간을 살고 있다(잠에서 깨어나도 더이상 A 생각을 하지 않는다고 공언하게 될 언젠가에 비한다면 말이다). 그러나 그 사람이 예전처럼 그렇게 내 일상을 집요하게 차지하고 있지는 않다.*

가끔 그 사람에 대한 세세한 기억들, 그 사람이 했던 말들이 문득 되살아나는 일이 있다. 가령 모스크바에서 서커스를 구경 간 적이 있는데, 고양이 조련사의 묘기가 굉장했었다고 한 말 같은 것이다. 그럴 때면 잠시 동안 거대한 고요함이 내 안에 가득 차오르는 기분이 된다. 마치 그를 만나는 꿈을 꾸었는데, 꿈속에선 몰랐다가 깨어난 순간 꿈이었다는 것을 알게 될 때 느끼는 기분과 비슷하다. 모든 것이 제자리를 찾은 듯한 느낌, "이제는 모든 게 좋은" 그런 느낌이다. 그 사람이 했던 말은 이미 멀리 떨어진 어떤 것이 되어버린 것처럼 아련했다. 그새 한 차례의 겨울이 지나갔다. 지금쯤 고양이 조련사는 서커스단을 떠

---

* 나는 반과거 시제에서 현재 시제로 시제를 바꿔 쓴다. 하지만 언제까지? 그리고 언제부터?—최선책은 없다. 왜냐하면 대개의 이야기에서처럼 그 일이 일어난 날짜가 가진 현실의 기호로부터 단절된 영상이 나를 제지할 뿐, 하루하루 달라져 가는 A에 대한 열정을 정확히 셈할 수는 없기 때문이다.(원주)

났을지도 모를 일이고, "굉장했었다"는 그의 묘기는 구식이 되어버렸을지도 모른다.

남들과 이야기를 하는 도중에 갑자기 A의 어떤 태도를 이해하게 되기도 하고 전에는 생각지도 못했던 우리 관계의 새로운 면모를 발견하기도 한다. 카페에서 함께 술을 마시던 친구가 연상의 유부녀와 지속적인 육체관계를 맺고 있다고 고백하면서, "초저녁에 그녀의 집에서 나올 때면, 남자다워졌다는 어처구니없는 감정에 사로잡혀 거리의 공기를 들이마시곤 해"라고 말했다. 아마 그때 A도 그런 기분이었을 거라는 생각이 들었다. 그런 발견을 할 때면, 추억도 내게 주지 못한, 영원히 사라지지 않을 어떤 것을 붙잡기라도 한 듯 행복했다.

오늘 저녁 RER에서 내 앞에 앉은 두 아가씨가 이야기를 하다가 "그 남자들은 지금 바르비종에 있어"라고 말하는 것을 들었다. 나는 그 지명이 내게 상기시키는 것이 무엇인지 찾아보았다. 몇 분 후, A가 아내와 함께 일요일에 거기 갔었다고 말했던 일이 생각났다. 그런데 그것은 다른 일들과 다를 게 없는 똑같은 기억이었다. 예를 들면, 행방불명됐던 한 친구가 잠적했었다는 브뤼누아라는 지명이 불러일으키는 감흥과 별다른 차이가 없었다. 그렇다면 이제 내게 세상은 A 없이도 다시 의미를 갖기 시작한 것일까? 수많은 영상과 몸짓과 대화가 있었던 그 사람과의 첫날밤 이후 내 머릿속에 차곡차곡 쌓인 기억들, 모스크바의 고양이 조련사, 목욕 가운, 바르비종 같은 모든 것들이 내 머릿속에서 쓰이지 않은 열정적인 소설의 텍스트를 이루고 있었다. 그런데 이제 그것들이 서서히 스러지기 시작한다. 살아 있는 텍스트였던 그것들은 결국은 찌꺼기와 작은 흔적들이 되어버릴 것이다. 언젠가 그 사람도 다른 사람들처럼 내게 아무것도 아닌 존재가 되어버리겠지.

그런데도 나는 그 사람을 끊임없이 기다리고 갈망했던 지난해 봄 그 사람을 떠날 수 없었던 것처럼, 지금도 여전히 그 사람에게서 떠나지 못하고 있다. 이 글을 쓰면서 내가 바라는 것은 아무것도 없음을 나는 알고 있다. 글에는 자신이 남겨놓고자 하는 것만 남는 법이다. 그런데도 계속해서 글을 쓴다는 것은 다른 사람에게 읽힐지도 모른다는 고통을 연장시키는 것과 같다. 하지만 내가 글을 써야 한다는 필요성을 절실하게 느끼고 있는 한, 그런 건 개의치 않는다. 그러나 그 필요성의 극에 다다른 지금, 써놓은 글을 찬찬히 읽어보니, 놀랍기도 하고 부끄럽기도 하다. 열정 속에서 하루하루 살아갈 때는 미처 깨닫지 못했던 감정들이다. 그것은 출판이라는 관점으로 접근하는 세인들의 '정상적인' 가치 기준과 판단에서 비롯된 것이다. ("이 글은 자서전입니까?" 하는 유의 질문에 대답해야만 하고, 이것은 어떻고 저것은 어떻다는 식으로 억지로 정당화시켜야 할지도 모른다. 그런 질문들은 전형적인 소설의 형식을 갖추지 않은 모든 책이 출간되지 못하도록 방해하는 행위가 아닐까?)

지금 나는 내가 아니면 도저히 읽을 수도 없을 정도로 많은 삭제와 교정으로 뒤덮인 원고를 앞에 놓고 있다. 나는 이것이 어떤 결론에도 이르지 않는, 철저히 개인적이고 유치한 글이라는 생각이 든다. 사랑의 고백이나 수업 시간에 비밀노트 한쪽에 갈겨쓴 외설스러운 낙서처럼. 혹은 아무도 보지 않으리라 확신하면서 조용히 아무 탈 없이 써내려간 일기처럼. 그러나 이 원고를 타자로 치기 시작하고, 마침내 원고가 출판물의 형태로 내 앞에 나타나게 되면 내 순진한 생각도 끝장나고 말 것이다.

1991년 2월

세상에서 그리고 내 삶 속에서 더이상 아무 일도 일어나지 않고 있다. 따라서 이 원고도 더 써넣을 이야기가 없는 것처럼 마무리 지을 수도 있을 것이다. 이 원고는 충분한 시간을 두고 쓰였으므로 이미 읽을 만한 글로는 손색이 없다. 하지만 지금까지 쓴 원고가 아직 내 손 안에 있는 한, 글쓰기의 가능성은 아직도 열려 있다. 내게는 형용사의 위치를 바꾸는 일보다 현실에서 일어난 일을 덧붙이는 것이 더 중요하게 여겨진다.

지난해 5월 내가 글쓰기를 끝냈을 때와 지금, 1991년 2월 6일 사이에 이라크와 서방 연합군 간에 오래전부터 있어온 갈등이 폭발하고 말았다. "제2차 세계대전 기간 동안 독일에 투하한 것보다 훨씬 많은 양의 폭탄"이 이라크에 퍼부어졌다는 오늘 저녁 〈르몽드〉 지의 기사에도, 엄청난 폭음으로 귀가 먹은 아이들이 술취한 사람처럼 비틀거리며 바그다드 거리를 헤매고 있다는 목격자들의 증언에도 불구하고, 전쟁 당사자들은 그것이 '정당한' 전쟁이라고 거듭 주장하고 있었다. 사람들은 연합군의 지상 공격과 화학무기를 이용한 사담 후세인의 반격전, 그리고 라파예트 백화점 테러 등 이미 예고되었지만 아직 일어나지 않은 사건들을 가슴 졸이며 기다릴 수밖에 없었다. 이것은 사랑의 열정을 겪을 때 생겨나는 것과 똑같은, 진실을 알고 싶어하는 불가능한 욕망과 고뇌이다. 그러나 그 둘 사이의 유사성은 여기서 그친다. 이런 기다림에는 꿈이나 상상이란 존재하지 않으니까.

전쟁이 터지고 첫번째 맞는 일요일 저녁, 전화벨이 울렸다. A의 목소리였다. 잠시 동안 나는 두려움에 휩싸였다. 나는 울먹이며 그 사람의 이름만 되풀이해 불렀다. 그 사람도 "나야, 나라고" 하는 말만 천천히 반복했다. 그는 당장 나를 만나고 싶다며 택시를 타고 오겠다고 했다. 그 사람이 도착하기 전까지 30분 정도의 여유가 있었다. 그사이 나는 서둘러 화장을 하고 그 사람을 맞이할 준비를 끝냈다. 그러고는 그 사람이 한 번도 본 적이 없는 숄을 걸치고 복도에 나가 그 사람을 기다렸다. 나는 멍하니 문만 쳐다보고 있었다. 그 사람은 예전에 그랬던 것처럼 노크도 없이 문을 밀치고 들어왔다. 술을 많이 마셨는지, 나를 끌어안으며 비틀거렸고, 방으로 올라가는 계단에서도 몸을 잘 가누지 못했다.

그는 커피만 한 잔 달라고 했다. 겉으로 보기에 그 사람의 생활은 변한 게 없어 보였다. 동구에서도 프랑스에서 하던 것과 똑같은 일을 하고 있었고, 아내가 원하는 아이는 여전히 없는 상태였다. 얼굴이 조금 핼쑥해지기는 했지만, 그는 여전히 서른 여덟 살의 젊음을 유지하고 있었다. 손톱이 전에 비해 덜 깔끔했고 손도 조금 거칠었다. 분명 그 사람 나라의 추운 기후 탓일 것이다. 떠나고 난 후 연락하지 않은 데 대해 내가 투정을 부리자, 그 사람은 크게 웃었다. "내가 전화를 했어도 '안녕? 잘 지내? 어떻게 지내?' 이런 말 외에 무슨 말을 할 수 있었겠어?" 그 사람은 내가 덴마크에서 그 사람이 머물던 파리의 옛 주소로 보낸 엽서를 받지 못했다고 했다. 우리는 방바닥에 어수선하게 흐트러진 옷을 챙겨입었다. 그리고 나는 그를 개선문 근처에 있는 그의 호텔까지 차로 태워다주었다. 낭테르에서 퐁드뇌이까지 가는 동안 빨간 신호등에 걸릴 때마다 우리는 뜨겁게 껴안고 애무했다.

돌아오는 길에 라데팡스 터널을 지나며 문득 '내 이야기는 어떻게 되는 거지?' 하는 생각이 들었다. 나는 '이제 아무것도 기다리지 않는 거야' 하고 다짐했다.

우리는 다시 만나지 못했고, 그 사람은 사흘 후에 자기 나라로 돌아갔다. 떠나기 전에 그는 내게 전화를 걸어 "연락할게"라고 말했다. 자기 나라로 돌아가서 전화를 하겠다는 의미인지 아니면 언젠가 파리에 올 기회가 있으면 그때 전화하겠다는 의미인지 알 수 없었다. 하지만 그에게 묻지는 않았다.

그 사람이 나를 찾아온 것이 실제로 일어난 사건이라는 게 좀처럼 믿어지지 않는다. 1월 20일부터 그 사람은 이미 우리의 이야기 어디에서도 찾아볼 수 없었다. 그날 저녁 홀연히 왔다 간 그 남자는 예전에 그가 여기 있을 때 내 마음속에 자리잡고 있던 사람, 내 글 속의 그 사람이 아니다. 나는 그 남자를 다시는 만나지 못하리라. 그 사람이 돌아왔었다는 것은 비현실적이고 거의 실재하지도 않았던 일인 것만 같다. 그럼에도 불구하고 그 사실은 내 열정에 어떤 의미를 부여해주었고, 지난 2년 동안 내가 무어라 설명할 수 없는 강렬한 열정에 사로잡혀 지냈음을 확인시켜주었다.

　조금 흐릿하게 나온, 내가 가지고 있는 그 사람의 유일한 사진 속에서 나는 어딘지 알랭 들롱을 닮은, 금발에 키가 큰 남자를 보고 있다. 그 사람의 모든 것이 내게는 아주 소중했었다. 그 사람의 눈, 입, 성기, 어린 시절의 추억, 물건을 낚아채듯 잡는 버릇, 그 사람의 목소리까지도.

　나는 그 사람의 모국어를 배우고 싶어했었다. 그 사람이 마신 술잔도 닦지 않은 채로 보관하고 있다.

　코펜하겐에서 돌아올 때는 다시 그 사람을 만나지 못할 바에야 차라리 타고 있는 비행기가 공중에서 산산이 부서졌으면 싶었다.

　지난여름엔 파도바에서 성 안토니우스의 무덤 위에 소원을 적은 종이나 손수건을 올려놓고 기도하는 사람들 틈에 끼어 나도 이 사진을 놓고 그 사람이 돌아와주기를 간절히 기원했었다.

　그 사람이 그럴 만한 '가치'가 있는 사람인지 아닌지는 아무런 의미가 없다. 그리고 지금은 그 모든 일들이 다른 여자가 겪은 일인 것처럼 생소하게 느껴지기 시작한다. 그러나 그 사람

덕분에 나는 남들과 나를 구분시켜주는 어떤 한계 가까이에, 어쩌면 그 한계를 뛰어넘는 곳까지 접근할 수 있었다.

나는 내 온몸으로 남들과는 다르게 시간을 헤아리며 살았다.

나는 한 사람이 어떤 일에 대해 얼마만큼 솔직하게 말할 수 있는지도 알게 되었다. 숭고하고 치명적이기까지 한 욕망, 위엄 따위는 없는 부재, 다른 사람들이 그랬다면 무분별하다고 생각했을 신념과 행동, 나는 이 모든 것들을 스스럼없이 행했다. 그 사람은 자신도 모르는 사이에 나를 세상과 더욱 굳게 맺어주었다.

그 사람은 "당신, 나에 대해 책을 쓰진 않겠지" 하고 말했었다. 나는 그에 대한 책도, 나에 대한 책도 쓰지 않았다. 단지 그 사람의 존재 그 자체로 인해 내게 온 단어들을 글로 표현했을 뿐이다. 그 사람은 이것을 읽지 않을 것이며, 또 그 사람이 읽으라고 이 글을 쓴 것도 아니다. 이 글은 그 사람이 내게 준 무엇을 드러내 보인 것일 뿐이다.

어렸을 때 내게 사치라는 것은 모피 코트나 긴 드레스, 혹은 바닷가에 있는 저택 따위를 의미했다. 조금 자라서는 지성적인 삶을 사는 게 사치라고 믿었다. 지금은 생각이 다르다. 한 남자, 혹은 한 여자에게 사랑의 열정을 느끼며 사는 것이 바로 사치가 아닐까.

소외된 사람들을 위한 글쓰기

　지난 세기말부터 현재까지 프랑스 문학의 흐름을 정리한 문학사*는 이 시기의 주도적 현상을 '자아의 글쓰기'라는 용어로 요약했다. 문학이론가들은 '자서전', '자전적 소설', '자아 중심적 이야기', '혈통소설', 나아가 '오토픽션', '에고픽션' 등의 신조어까지 동원하여 이 시기의 다양한 문학적 변주를 명명해보려 했지만, 어느 용어도 딱히 적절해 보이지 않았다. 이제는 자서전과 허구의 합성어인 '오토픽션'이 학술용어로 거의 굳어진 형편이지만 이마저도 용어 자체가 "뜨거운 얼음"처럼 모순어법

---

*『현재형의 프랑스 문학』, 도미니크 비아르, 브뤼노 베르시에 공저, 2008년 보르다스 출판.

의 산물이라 오해와 논란의 불씨를 품고 있다. 그러나 모호한 장르임에도 불구하고 한 인간이 살아온 궤적을 일인칭으로 기술하면서 자아의 정체성을 모색하는 시도는 비단 문학에 한정된 것이 아니라 영화, 조형예술, 음악에 이르기까지 예술계 전반에 범람했다.

문학사에 따르면 자전적 예술이 이토록 확대된 것은 두 가지 현상이 맞물려 작동한 결과이다. 우선 소위 거대 담론의 붕괴로 인해 작가의 시선이 집단에서 개인으로, 구조에서 주체로 이동한 것이 그 첫번째 현상이라면, 이와 더불어 그간 예술적 관심사에서 외면당했던 평범한 개인의 낮은 목소리와 사소한 몸짓이 부각되면서 일상의 의미가 새롭게 해석되는 현상이 그 두번째일 것이다. 거창한 세계사적 변화나 집단 가치에 매몰되어 모든 상황을 이른바 구조적 시각으로 파악하려 했던 전 시대의 구호에 피곤해진 세대는 이제 시선을 내면세계와 과거로 돌려 세상의 변혁에 아무런 힘도 미치지 못했던 소소한 개인의 내면을 응시하게 되었다. 예술계뿐 아니라 정치인이나 연예인에게 마저 이념적, 미학적 가치 대신 구체적 삶의 진정성이 담긴 그들의 일화가 대중의 호감을 일으키는 척도가 된 것 또한 이 시대의 특징이기도 했다. 이와 더불어 지나간 세월을 아쉬워하며 세대 공감에 호소하는 개인의 성공담과 청춘 예찬은 세기말을 휩쓸었던 복고 취향과 맞물려 큰 반향을 일으켰다. 현재의 성공을 돋보이게 하는 어린 시절의 고생담은 각박한 시절을 견디는 독자에게 희망과 격려를 주는 모범적 사례로 부각되었다.

아니 에르노의 글이 평단이나 학계에 앞서 대중적 인기를 끈 점도 이런 시대 분위기와 맞물린 현상이다. 오로지 우수한 학업 성적만으로 빈곤한 출신에서 벗어나 유명 작가와 교수로 입신한 성공담으로 읽히는 아니 에르노의 글은 공화국의 교실에서 미래의 시민에게 권장하는 글, 이른바 어원적 의미에서 '고전'으로 대접받게 되었다. 협소한 전위의 길을 고집하던 누보로망의 작가 알랭 로브그리예마저도 자서전 대열에 합류한 작가 중에서 "미셸 레리스는 가끔, 조르주 페렉은 종종, 에르베 기베르는 항상, 그리고 아니 에르노는 여전히" 자아의 글쓰기를 시도한다고 평했지만, 여기에 토를 달자면, 위에 언급된 작가들 중 현재 생존 작가는 아니 에르노뿐이고 그녀가 오로지 자서전만 쓴 것도 아니라는 점이다.

2004년 기준으로 작성된 서지 목록에 따르면 그녀의 작품은 자전적 소설, 사회적 전기형 자서전, 일기, 그리고 그 밖의 다양한 기사 및 대담집으로 나뉜다. 초기작인 『빈 옷장』(1974), 『그들의 말 혹은 침묵』(1977), 『얼어붙은 여자』(1981)는 비록 '자전적'이라는 접두사가 붙었지만 발간 당시 작가 스스로가 밝혔듯 소설이라는 장르를 수용했던 반면, 1984년에 발표해 르노도 상을 받은 『자리』부터 지금까지 그녀의 작품은 허구를 배제한 자전적 글, 기억을 더듬어 과거의 체험과 느낌에 충실한 글로 일관되었다. 더불어 자아의 정체성에 대한 집요한 탐색은 한 인간은 혈통이나 환경과 필연적 관계를 맺고 있다는 전제하에 아버지와 어머니, 그리고 유년기 성장조건에 대한 성찰로 관심이 확장되는 혈통소설의 경향을 띤다.

노년기에 한 생애를 총체적으로 회고하는 한 편의 자서전이 아니라 삶의 전환점마다 과거가 현재의 글이 되고 그 글이 다시 미래의 씨가 되어 삶을 규정하는 현재 진행형의 자서전인 아니 에르노의 글은 한 개인을 통해 세대와 시대를 읽을 수 있는 자료적 가치가 인정되어 문단에 앞서 사회학의 조명을 받기도 했다. 아니 에르노에게 다가가기 위한 방법으로 삶과 작품을 구분한 다음, 전기적 사실을 동원해 작품의 이해를 도모하는 양분법적 접근 방식은 유용하지 않다. 작품을 논하다보면 자연스레 삶이 언급되고 삶을 해석하다보면 작품이 근거로 나서는 순환논법을 피할 수 없기 때문이다.

삶을 쓰다

2011년 말에 출간된 『삶을 쓰다』는 그간 낱권으로 출간된 작품 중 대표작을 뽑아 모은 선집이다. 거기에 실린 작품은 출간 순서가 아니라 작품 내용에 해당되는 삶의 순서대로 정렬되었다. 작품과 삶이 충실히 호응한다는 고백이나 다름없는 편집 방식이다. 이 선집에는 열두 편의 작품에 앞서 백여 쪽에 달하는 분량의 사진과 해당 시기의 일기 또는 작품에서 발췌된 짧은 글이 실려 있다. 일종의 사진 일기에 해당하는 이 대목을 펼치면 조부와 부모 세대의 사진부터 시작하여 아직 얼굴 윤곽도 제대로 잡히지 않은 유아기 적의 모습, 학창 시절과 반항심 많던 청소년기를 거쳐 결혼 시절의 행복한 모습, 그리고 첫아이를 낳은 산모의 모습에 이어 성공한 작가의 표정에서 항암치료로 인해 머리칼을 완전히 잃어버린 중년의 얼굴과 마침내 손녀를 안고 있는 할머니의 모습까지, 한 인간의 인생행로가 일목요연하게 전개된다. 그 몇 장의 사진첩을 넘기다보면 아무리 파란만장한 삶이라도 결국 돌 사진과 영정 사진 사이에 낀 몇 갈피의 추억에 불과하다는 생각이 들게 마련이다. 아니 에르노의 표현에 따르면 그녀의 글은 돌이킬 수 없는 "시간에서 무엇인가를 구해내는 일*"에 매달렸다고 할 수 있다. 작가가 세월에서 건져 올려 글로 남긴 것을 토대로 그녀의 삶을 거칠게나마 요약해보자.

아니 에르노는 1940년 노르망디의 릴본에서 태어나 여섯 살 무렵 이브토로 이주해 그곳에서 줄곧 유년기를 보낸다. 전쟁 중 시설의 대부분이 파괴된 소도시의 풍경, 부둣가, 공장, 술집, 재건축을 위해 곧 허물어질 처지에 있는 가옥 들이 그녀가 "사랑하는 풍경"이었다. 가난한 소작농이었던 조부 세대를 뒤이은 작

---

* 2011년 작 『세월』의 마지막 문장.

가의 부모 역시 농촌에서 살다가 소도시 공장 노동자가 되었다. 1928년 결혼한 부모는 노동자 신분에서 벗어나 식료품 가게와 술집을 겸한 작은 카페를 운영하게 된다. 농부, 노동자에서 가까스로 자영업자로 신분이동에 성공한 아버지는 그가 차지한 사회적 '자리'에 대한 자부심과 더불어 언제라도 다시 전락할 수 있다는 두려움에 다소 위축된 가장이었던 반면, 어머니는 보다 나은 삶을 위해 적극적으로 투쟁하는 억척어멈으로 작품에 묘사되었다.

식품점에 쌓여 있는 군것질거리를 친구들에게 뽐내고 주정뱅이를 바깥으로 내동댕이치는 아버지의 완력을 존경했던 어린아이의 자부심은 사립학교에 입학하면서 처참하게 깨진다. 동급생 부모의 우아한 중산층 생활 방식과 자기 부모의 투박한 일상을 비교하게 되면서 작가는 부모와 심리적 단절을 결심하고 자신의 열등감을 우수한 학업성적으로 보상하려 한다. 선망과 질투, 열등감과 자부심이라는 내면적 갈등은 그녀의 전 작품에 고루 깔린 배음이 된다. 빈곤층의 화자가 부르주아지에게 느끼는 내면적 갈등은 사립학교 입학과 더불어 시작되어 청소년기와 대학 시절에 이르기까지 집요하게 그녀의 마음에 뿌리를 내린다. 막연하게 느끼던 계층 간의 이질감은 청소년기에 만난 남자친구로부터 처음 들은 "계급", "착취" 등과 같은 이념적 해석도 가능했지만 어린 시절의 작가는 크게 공감하지 못한다. 부모의 천박한 언행과 옷차림은 천부적 성품에서 비롯된 것이라 극복할 수 없는 숙명이라 믿었던 작가는 1970년대 초에 접한 피에르 부르디외의 사회학을 통해 물질적 기준에 의해 구분된 빈부의 구분법은 언어, 생활 방식, 취향과 같은 비물질적 영역까지 영향을 미친다는 점을 깨닫게 된다. 2002년 〈르몽드〉에 기고한 피에르 부르디외의 사망 추도문에서 아니 에르노는 자신이 소설에서 추구했던 것을 이론적으로 뒷받침한 그의 연구에 큰 빚을 졌다고 고백했다.

수치심

열세 살에 학업을 멈춘 아버지는 물질적 자산뿐 아니라 상징 재산의 축적에서도 빈곤을 면치 못했음을 눈치챈 작가는 설령 빈곤에서 벗어나도 부모의 몸에 밴 습관이나 가치관, 즉 사회학 용어를 빌리자면 '아비투스'를 떨쳐버릴 수 없다는 걸 뼈저리게 느낀다. 그리고 그것은 부모 세대에 한정된 진리가 아니라는 사실이 그녀에게는 고통과 수치의 근원이 된다. 부엌에서 몸을 씻고 취객의 저속한 농담을 감수하며 마당 구석의 변소를 사용하고 술집 다락방에서 추위에 떨며 자야 했던 작가는 대학 기숙사에서 처음 샤워기와 수세식 변기를 만나고 음식, 옷차림에서부터 음악, 연극에 이르기까지 부모의 취향과는 전혀 다른 생활 세계로 진입한다. 이후 교수 자격시험에 합격하고 결혼을 통해 시부모로부터 반듯한 대접을 받으며 비로소 세련된 중산층 지식인이 된 것에 자부심을 느끼게 된다. 하지만 그와 동시에 남편과 시부모의 친절과 예의범절이 중산층의 위선과 가식에 불과하다는 사실도 부차적으로 깨닫게 된다.

'출신 성분과 고향을 버리고 딴 세계에 유배된 망명객'이라는 자의식은 그녀의 작품에서 집요하게 반복된다. 2008년에 개최된 학술회의에서 아니 에르노의 작품세계를 다양한 각도로 다룬 논문들이 통칭하여 "둘 사이에 낀 작품"이라고 이른 것은 그녀의 작품세계를 요약한 적절한 제목이다. 아니 에르노의 작품에는 하층민과 중산층 사이에 낀 경계인이 느끼는 불편한 자의식이 가장 큰 비중을 차지하기 때문이다.

1996년 10월에 탈고한 『부끄러움』은 "6월 어느 일요일 오후 아버지가 어머니를 죽이려 했다"는 충격적 문장으로 시작된다. 어린 시절에 목격한 아버지의 폭력은 아버지의 타고난 천품에서 비롯된 것이 아니라 부모가 처한 사회적·경제적 조건에 의해 결정된 것이라는 작가의 해명도 역시 부르디외의 사회학에서 영향을 받은 부분이다. 열두 살의 어린 소녀가 목격한 부모의 천박한 행동은 줄곧 수치심을 야기했고, 작가는 그것을 글로 옮기며 또 다른 수치심을 느끼는 악순환에 빠진다(예컨대 이런 식이다. 나는 나의 출신 성분이 부끄럽다. 그런데 그런 수치심에 빠진 내 모습에 다시 수치심을 느낀다. 게다가 그 수치심을 글로 옮겨 만천하에 드러내는 일은 나를 낳아준 계급을 배반하는 짓이기 때문에 더욱 수치스럽다).

작가의 수치심은 대체로 물질적 열등감에서 비롯한 것이나 초기 소설에서는 사춘기 소녀가 겪는 성적 호기심과 이성의 육체에 대한 관심과도 연관되어 있다. 취객들의 음란한 농담과 하층민의 비교적 자유로운 언어를 일찌감치 접한 작가는 초기 작품에서 성과 관련된 어휘를 거리낌 없이 구사했다. 자신의 낙태 경험을 적나라하게 묘사한 첫 소설에서부터 그녀의 성과 육체에 대한 묘사는 성적 금기와 위선적 도덕률을 고의적으로 무시하는 태도를 보였다. 자신이 인지한 갈등과 불만은 계급성에서 비롯된 것이며, 정신분석에서 논하는 욕구불만과는 무관하다는 주장도 그런 태도를 뒷받침했다. 그러나 비록 남루한 현실이지만 독실한 신앙심에서 자부심을 추구했던 어머니는 그녀에게 수치심에 근거한 종교적 윤리를 강요했다. 오로지 육체만이 삶의 자산인 빈곤층이었지만 딸의 신분상승을 위해 희생을 감수했던 부모는 기독교에 입각한 순결한 육체를 강요했고 화자는 몸에 대한 부모의 실제적 태도와 그들이 권하는 기독교 윤리 사이에서 괴리와 갈등을 느낄 수밖에 없었다.

2003년에 발간한 문학평론가이자 작가인 프레데리크 이브 자네와의 대담집 『칼 같은 글쓰기』에서 자신의 글이 한 우물만 팠다는 작가의 고백은 바로 이러한 경계인의 의식과 관련되어 있다. 빈곤층 출신의 여자가 성장하고 사랑하고 결혼하는 과정에서 겪게 되는 모멸감과 소외의식이 『빈 옷장』, 『그들의 말 혹은 침묵』, 그리고 『얼어붙은 여자』 등의 소설 형식을 빌려 자유분방한 언어로 표현된 반면, 1984년에 발표해 르노도상을 받은 『자리』는 작가의 글쓰기 태도에 중요한 변곡점을 형성한다. 누보로망의 영향을 받은 습작품을 투고했으나 출판사로부터 거절을 당한 작가는 1963년 대학 학부과정을 마치고 훗날 남편이 될 필립 에르노를 만나고, 1964년 1월 임신과 낙태를 경험한다. 프랑스 동부 소도시 안시에서 교사생활을 하면서 그녀는 당시 불법이었던 낙태를 합법화하기 위한 여성 모임의 일원으로 맹렬히 활동했다. 이때 집필한 첫 소설 『빈 옷장』은 스무 살의 화자가 원치 않는 임신으로 괴로워하는 장면으로 시작된다. 그리고 훌륭한 학업성적은 자신이 처한 고통을 해결해줄 수 없고, 특히 그동안 읽었던 무수한 문학작품도 무용하다고 절감한다. 중산층 문화의 산물인 소설이 자신에게는 무용하다는 생각은 이후 그녀 작품에서 줄곧 되풀이되며, 자신의 글을 '소설에 대한 전쟁 선포'라고 표현하기도 했다.

새로운 형식의 글을 모색하던 작가는 1965년 조르주 페렉의 『사물들』을 읽고 큰 용기를 얻는다. 그녀가 막연히 추구하던 글쓰기의 전형을 발견한 그녀는 페렉을 주시했지만 '울리포 그룹'에 가입한 이후의 페렉 작품들에서는 딱히 감명을 받지 못하던 중 1978년에 발표한 『나는 기억한다』를 읽고 비로소 사회학적 글쓰기의 전형을 발견하게 된다. 그간 문학이 놓쳐버렸던 소소한 사물이나 사건을 통해 시대와 세대를 환기시키는 페렉의 기

법은 아니 에르노의 2008년 작 『세월』에 지대한 영향을 끼치게
된다.

애도 작업

세 편의 소설을 발표했음에도 불구하고 비교적 무명에 머물
렀던 작가에게 르노도상을 안겨준 것은 아버지에 대한 전기적
소설인 『자리』이다. 아니 에르노는 아버지의 죽음을 계기로 소
설을 쓰려다가 중간에 포기하고 결국 사실에 근거한 진솔한 감
정을 담담하게 서술하는 쪽을 택한다. 평생 궁핍과 소외를 겪
었던 투박한 삶을 세련된 언어로 치장하는 일은 자신의 뿌리를
배신하는 짓이라 생각해 인류학자의 객관성을 갖고 소위 '평평
한 문체'로 아버지의 삶을 기록하는 전기 형식의 글을 쓰게 된
다. 문학이란 뭔가 "열정적이고 감동적"이어야 한다는 고정관
념을 거부한 자신의 담담한 기록에 대해 작가는 문학에 이르지
못했거나 문학을 넘어서는 어떤 글이라고 자평하고 계급적 상
황을 염두에 두고 자신과 부모의 관계를 기록한 글이란 뜻에서
『자리』를 '자전적·전기적·사회학적 글'이라는 긴 용어로 정의
했다.
이 작품을 기점으로 아니 에르노의 글은 평범한 독자의 눈에
도 금세 파악되는 개성을 확보한다. 비교적 짧은 분량의 글, 문

단 사이의 여백, 그리고 단숨에 독자의 관심을 끄는 첫 대목, 담담한 문체, 그리고 오로지 사실만을 기록하고자 애쓰며 기억의 확실성을 저울질하는 자기성찰, 그리고 자신의 글의 장르적 정체성―내가 쓰는 글이 과연 문학일까―등에 관한 대목이 거의 전작에서 되풀이된다. 감동과 재미를 주기 위해 고안된 인위적 구성을 배제하다보니 그녀의 글은 나열식 서술과 목록식 묘사가 두서없이 이어지는 파편적 구성을 띠게 된다.

『자리』가 딸이 기억하는 아버지의 삶이 주제였다면 "4월 7일 나의 어머니가 요양원에서 죽었다"로 시작되는 『한 여자』에서 작가는 자신의 어머니뿐 아니라 궁핍한 시대를 살았던 모든 어머니의 초상을 그렸다. 여기에서 작가는 "내가 쓰려고 희망하는 글은 아마도 가족과 사회와 신화와 역사가 만나는 접점에 위치할 것이다. 나의 기획은 문학적 성격이 될 것인바, 오로지 단어로만 도달할 수 있는 어머니에 대한 어떤 진실을 추구하는 것이 문제가 되기 때문이다"라고 자신의 글을 정의한 후 "아마도 나는 어떤 면에서는 문학의 아래에 머물러 있기를 바란다"고 덧붙인다. 어머니의 거친 언행과 무교양을 사회적 맥락에서 해명하고 어머니 개인의 삶에서 보편적 진실을 발견하려고 한 『한 여자』를 통해 작가는 출신계급을 배신했다는 부채 의식에서 벗어나려고 했다. 이후 아버지가 어머니를 죽이려고 했던 충격적 장면으로 시작되는 『부끄러움』은 어린아이의 눈에 비친 하층민 부모의 세계를 정밀하게 묘사하는가 하면 치매로 서서히 죽어가는 어머니 곁에서 쓴 일기 『나는 나의 밤을 떠나지 않는다』와 같은 부모를 주제로 한 전기 형식의 글이 그녀 작품 목록에서 핵심을 이루게 된다.

아버지, 어머니, 그리고 사춘기의 딸로 구성된 가족 상황이 반복되는 그녀의 작품은 프로이트의 관점에서 분석되기도 하나, 작가는 누차 정신분석에 대한 불신을 표명하며 자신의 작품에서 작동하는 갈등은 사회적 차원에서 조명되어야 한다고 주장했다. 다만 그녀의 작품이 부모의 죽음 이후에 발간되고 독자와 평단으로부터 그 진정성이 주목받았다는 점을 고려한다면 부모를 잃은 상실과 부재를 치유하는 아니 에르노의 글쓰기는 프로이트가 고안한 개념인 '애도 작업'으로 해석될 수 있다. 소중한 존재를 상실한 후에야 비로소 그 부재를 실감하고 버림받았다는 느낌에서 비롯된 분노가 용서와 화해로 치유되고 마침내 일상으로 귀환하는 애도 작업의 과정이 그녀 작품의 정형화된 구조라면 부모의 죽음, 이혼 이후에 가장 중요한 애도 작업은 『단순한 열정』에서 표현되었다.

『단순한 열정』과 『탐닉』을 발표한 후 그녀는 2005년 대담에서 자신은 항상 무엇인가를 상실한 후에 "커다란 공허를 강렬하게 느끼며 그 결핍을 바탕으로 글을 썼고, 일상생활에서 그 공허를 채우기 위해 엄청나게 많은 일을 할 필요가 있었고" 학업에 매달리고 교수 자격시험을 통과하고 아기를 낳는 등 현실적 일에 매달려 살아가던 중 가장 환상적인 두 가지 일은 "글쓰기와 섹스"였다고 고백했다. 사회학적 전기에 뒤이어 내밀한 상실감을 보상하는 '성性과 글'이 결실을 맺게 된 작품이 바로 『단순한 열정』인 셈이다. 다만 이 작품을 기점으로 가족에서 연인으로 상실의 대상이 변했던 작품세계가 2011년에 발표한 『다른 딸』과 더불어 다시 과거로 회귀하는 양상을 보인다. 작가가 태어나기 전에 사망한 언니에 대한 『다른 딸』은 가족의 죽음을 다룬 작품이지만 작가가 직접 겪은 애도 상황이 아니다. 그러나 애도의 주체만 달라졌을 뿐 첫딸을 잃은 부모의 애도 작업을 그렸다는 점에서 여전히 전작의 연장선이라 보아도 무방하다.

단순한 수난

　프랑스어에서 'passion'은 남녀 간의 절절한 애정이란 뜻에서 우리말로 '열정'이라 번역하지만 이것은 예수가 십자가에서 겪은 '고통'을 지칭하기도 한다. 대학 시절 아니 에르노가 읽었던 사르트르의 용어를 빌리자면 우리의 삶은 '무익한 수난'이다. 작가는 사르트르의 용어에서 형용사만 바꿔 그녀가 겪은 한 시절의 체험을 '단순한 수난'으로 명명했으리라.
　러시아 외교관이던 유부남과 맺었던 불륜을 서정과 낭만을 배제한 '평평한 문체'로 기록한 그녀의 글은 독자의 호평을 받지만 문단의 반응은 차가웠다. 부모를 잃은 후의 애도 작업이

호평을 받은 데 비해 정부를 떠나보낸 여인의 속내를 털어놓은 『단순한 열정』『집착』『탐닉』과 같은 일련의 작품은 평단과 학계의 상대적 무관심과 차가운 질타의 대상이었다. 여성이 주체가 되어 자신의 욕망과 질투를 허구에 기대지 않고 당당히 드러내는 것이 이 시대에도 여전히 사회적 금기라고 작가는 생각했지만 과연 남성 중심적 시각 탓에 일련의 작품이 홀대받았던 것일까. 그간 아니 에르노의 작품은 빈민의 문화를 연구하는 사회학자들에게 소중한 자료적 가치로 각광받았으나 이성 간의 정신적 유대나 소통이 배제된 채 오로지 단순한 욕정을 기술한 것이 소위 노출증의 일환으로 해석된 것이다. 심지어 아니 에르노를 주제로 한 여러 학술대회에서 일부 학자들조차 『단순한 열정』 이전의 혈통소설을 사회학적 관점에서 분석하는 데 치중하며 작가가 부모 세대와 계층을 바라보는 시선을 내면으로 돌린 것은 서툰 선택이라고 비판했다. 더불어 심리분석과 윤리적 정당화를 꾀하지 않고 내면적 욕망을 드러내고 나열하기만 하겠다는 저자의 의도 표명은 오히려 작품의 진정성을 훼손했고 연인의 언어, 취향, 행동 방식을 오로지 외국인이란 예외적 지위로 돌려버림으로써 마치 판단 정지를 정당화하는 화자의 태도는 이전에 탄탄하게 구축했던 자신의 문학관마저 부정하는 결과를 낳았다고 평가했다.

하지만 아니 에르노는 『단순한 열정』이 발표된 후의 부정적 반응을 예측하고 담담히 수용하는 입장을 작품에서 표명했고,

이후 발표한『칼 같은 글쓰기』를 비롯한 여러 대담을 통해 글쓰기를 통한 진실을 추구하겠다는 자신의 태도를 견지했다. 짐작건대 그녀의 작품 목록이『단순한 열정』『탐닉』『집착』을 건너뛰고 2008년 발표해 마르그리트 뒤라스상, 프랑수아 모리아크상, 프랑스어상, 텔레그람 독자상 등을 수상한 작품인『세월』로 이어졌더라면 그녀의 작품세계는 일관성과 품위를 누릴 수 있었을 것이다. 정치적 관점에서 자신을 극좌파로 자처했지만 보수적 문단에 진입했고 부모와 계급에 대한 윤리적 부채를 훌륭히 청산한 작가는 공산당 기관지에서도 호평을 받았던 터였다. 그러나 문학에서마저 소외되었던 사람들의 이야기로 문단에 부상했던 아니 에르노는 이 세 작품을 통해 또 다른 사람들의 속내를 대변했다. 가난이야 동정과 연대감을 기대할 수 있지만 한 개인이 겪는 차마 고백할 수 없는 이별과 외로움은 그야말로 무익한 수난이다. 그 수난을 겪었던 사람들의 속내를 절절히 형상화한『단순한 열정』은 이전 작품과의 단절, 배신이라고 단죄될 수 없다. 아니 에르노는 예술, 문학, 소설, 자서전, 나아가 오토픽션과 같은 것으로 호명되길 거부하고 '작가', '글쓰기'라는 단순한 용어만 고집한다. 그녀는 기존 장르 구분을 무색하게 만드는 개성적 글쓰기의 가능성을 열었다는 점만으로도 소중한 작가이다.

앞서 말했듯 그녀의 작품이 아버지, 어머니와 같은 가족을 상실한 이후에 치르는 애도의 기록이라면『단순한 열정』은 연인의 상실보다는 자아의 상실을 다룬 작품이다. 부모의 생애를 다룬 전작이 자연스레 작가의 자아 정체성을 확립하는 과정을 기술한 성장소설과 닮았던 반면,『단순한 열정』『탐닉』『집착』은 한 인간의 정체성이 어떻게 파괴되는지 보여준다. 힘겹게 성취한 지성인의 지위와 자존이 무너져 결국 인간의 원초적 형질, 잔해만 남는 과정을 가혹하게 진술한다는 점에서 이 연작은 독자를 열광시키며 동시에 불편하게 만든다.『단순한 열정』의 연장선인『탐닉』과『집착』은 원제를 따져보면 자아의 상실이란 주제가 더욱 또렷하게 드러난다.『탐닉』의 원제는 사전적 의미에서 '재산, 소유물 따위를 잃다'를 뜻하는 타동사 'perdre'의 재귀 동사원형, 즉 행위의 목적어가 주어가 되어 '자기를 잃다'를 뜻하는 'se perdre'이며『집착』은 '자리를 차지하다', '점령하다'를 뜻하는 동사 'occuper'의 명사형 'L'occupation'이다. 자아를 상실하고 무엇엔가 사로잡혀 수난에 빠진 여인의 모습은 묘하게도 작가가 그토록 벗어나길 원했던 빈민의 딸, 힘겹게 쌓아온 문화적 자산을 몽땅 상실하고 원래의 모습으로 퇴행한 것으로 그려졌다.

단순한 열정에 빠진 문학교수는 예전처럼 바흐를 듣거나 사르트르를 읽지 않고 유행가와 영화에 공감하는 자신을 발견하고 놀란다. 부르디외의 견해에 따른다면 문화소외계층이 도무지 진입할 수 없는 취향 영역이 음악이다. 다시 말해 신분상승과 더불어 취미, 의상, 입맛 등이 바뀌지만 음악에 대한 감수성은 좀처럼 달라지지 않는다는 뜻이다. 작가는 전남편의 권유로 가까스로 바흐를 듣게 되었지만 연인에게 버림받자 〈마태수난곡〉보다는 실비 바르탕의 노래에 절감하게 된다.

그녀의 전 작품을 성장과 퇴행, 정체성의 확립과 자아상실 같은 기준으로 거칠게 양분한다면 『단순한 열정』은 당연히 후자에 속한다. 성장 계열의 글이 독자층 전반에 고른 호감을 얻은 반면, 상실 계열 작품이 독자, 특히 평단에 야기한 반응은 열광과 악평으로 나뉘었다. 오래전 한국을 방문했던 당시, 작가는 『단순한 열정』을 둘러싼 평단과 학계의 평가를 의식한 듯 십대 청소년뿐 아니라 늙수레한 아저씨까지도 자신의 심정을 글로 절실히 표현해준 것에 고마워하며 독자들이 보낸 편지글을 인용했다. 말과 글을 소유하지 못한 사람들의 소외와 상처를 표현했다면 그것으로 충분하다는 뜻일 것이다.

이재룡(문학평론가, 숭실대 불문과 교수)

『단순한 열정』은 한 여인의 범상치 않은 사랑 이야기이다. 주인공은 한 남자를 만나 사랑에 빠지고 시간이 흘러 그와 헤어진 후, 그 사랑이 남겨둔 기억들을 반추한다. "작년 9월 이후로 나는 한 남자를 기다리는 일 외에는 아무것도 할 수 없었다"라는 고백이 보여주듯, 그 사랑은 폭풍과도 같은 열정적인 사랑이다.

이 사랑은 그녀의 일상과 몸과 정신과 영혼을 완전히 뒤엎어놓는다. 넋이 나간 듯한 상태로 하루하루를 보내고, 사소한 것이라도 그 남자와 관련된 이야기에는 온 신경이 쏠린다. 그의 전화를 미친 듯이 기다리지만, 막상 그와 만날 시간이 다가오면 너무도 초조해진 나머지 아무 일도 할 수가 없다. 만남의 시간이 끝나고 그가 떠나면 다시 그의 전화만 기다리는 고통스러운 나날이 계속된다. 한번쯤 사랑에 빠져본 사람들이라면 공감이 갈 이야기다.

그러나 이 작품에는 사랑에 관한 여타의 소설들과 다른 점이 있다. 너무나 강렬하고 생생하여 두려움을 불러일으키고, 심지어 편집증이나 정신병으로까지 느껴지는, 광기에 가까운 사랑의 허기가 집중적으로 돋을새김되어 있기 때문이다. 서술 방식 또한 너무나 사실적이어서, 읽는 사람은 충격과 전율, 때로는 당혹감까지 느끼게 된다. 그것이 작가 자신이 실제로 겪은 이야기라는 대목에서는 더더욱 충격이다. 지난날의 추억은 세월이라는 체를 통과하는 동안 미화되게 마련인데, 아니 에르노는 소름 끼칠 정도의 냉정함으로 자신이 겪은 사랑을 미추의 구분이나 도덕적 판단을 미뤄둔 채 낱낱이 써나가고 있는 것이다.

이 소설은 처음 발표되었을 때(1991년) 프랑스 독서계에 일대 파란을 몰고 왔다. 르노도상을 수상한 유명 작가이자 대학 교수인 아니 에르노가 연하의 외국인 유부남과 가진 불륜 체험이 거의 사실 그대로 고백되어 있었기 때문이다. 한 번 파란을 일으키기도 어려운 일인데, 이 작품은 몇 년 뒤 또 한 번의 파란을 몰고 온다. 『단순한 열정』을 읽고 깊은 인상을 받아 독자로서 작가인 아니 에르노를 만나고 그녀의 애인이 된, 그녀보다 33세 연하인 필립 빌랭이라는 청년이 그녀와의 5년간의 사랑을 『단순한 열정』의 문체까지 거의 그대로 옮겨 『포옹』이라는 소설로 발표했기 때문이다. 말하자면 『단순한 열정』이 『포옹』의 모태 역할을 한 셈이다. 두 작품은 내용상으로도 긴밀한 짝을 이루고 있다. 함께 읽으면서 사랑에 빠진 남녀의 심리를 비교해보는 것도 흥미로울 것이다.

어쨌거나 '도덕적 판단'은 유보하는 것이 좋을 듯하다. 번역하는 내내 사랑이란 결국 기억이고, 그렇다면 이 작품은 어쩌면 기억에 관한 소설이 아닌가 하는 생각을 했다. 사랑을 하는 동안에는 주변의 모든 것이 온통 '그 사람'을 기억하게 하고 환기시킨다. 하지만 머지않아 모든 게 흐릿해지는 순간이 온다. 아무리 소중했던 사랑의 기억도 세월의 무게를 견뎌낼 수는 없다는 듯이……

작가는 어쩌면 글쓰기라는 행위를 통해 잊힐 수밖에 없는 사랑의 기억을 영원히 붙잡아두려 했던 것이 아닐까?

최정수

1899년   아버지 알퐁스 뒤셴이 출생함.

1906년   어머니 블랑슈가 출생함.

1928년   노르망디의 소읍인 이브토의 공장 노동자였던 아버지
         와 어머니가 밧줄 제조 공장에서 만나 결혼함.

1931년   이브토에서 25킬로미터 떨어진, 방직공장 노동자들의 거
         주 지역인 릴본으로 이사해 카페 겸 식료품점을 개업함.

1932년   첫째 딸 지네트가 태어나 여섯 살 때 디프테리아로 사
         망함(언니 지네트의 죽음과 그 빈자리를 채우기 위해
         태어난 듯한 자신의 유감을 『나는 나의 밤을 떠나지 않
         는다 Je ne suis pas sortie de ma nuit』에서 서술함).

1940년   9월 1일 아니 에르노가 출생함.

1945년   다시 이브토로 돌아가 3개월 뒤 가게를 개업함.

1952년   6월 15일 아버지가 어머니를 죽이려 한 사건이 발생함
         (이 사건의 충격과 수치심을 『부끄러움 La honte』에서
         밝힘).

1958년   작별인사도 없이 떠난 클로드 G.를 기다림.

1960년   루앙대학교 문학부에 입학함.

1963년   7월 17일 로마에서 Ph.를 기다림. 11월 8일 임신 사실
         을 알게 됨.

1964년   1월 15일 낙태수술을 받음(『사건 L'Événement』에서 이
         때의 경험을 서술함). 2월 필립 에르노와 결혼함. 4월

	2일 임신 사실을 알게 됨. 첫째 아들 에릭을 출산함.
1967년	4월 25일 리옹의 크루아루스 지역에 있는 고등학교에서 중등교사 자격시험을 치르고 합격함. 6월 25일 아버지가 심근경색으로 사망함.
1968년	둘째 아들 다비드를 출산함.
1970년	1월 카페 영업권을 포기한 어머니가 안시의 아니 에르노의 집에서 함께 지내게 됨.
1971년	현대문학교수 자격시험에 합격함.
1974년	'자전적 소설'에 속하는 작품『빈 옷장 Les armoires vides』을 발표함.
1976년	10월 '자전적 소설'『그들의 말 혹은 침묵 Ce qu'ils disent ou rien』 집필을 마치고, 이듬해에 발표함.
1977년	프랑스 국립 원격교육원(CNED) 교수로 2000년까지 재직함.
1981년	'자전적 소설'로 분류되나 작가는 '전통적 의미의 허구를 포기하는 방향으로 나아가며 거친 과도기적 텍스트'라 평가한, 자신의 결혼을 다룬『얼어붙은 여자 La femme gelée』를 발표함.
1982년	11월 아버지의 삶을 다룬 '자전적 전기적 사회학적 글'『자리 La Place』 집필을 시작해 이듬해 6월에 탈고함. 필립 에르노와 이혼 후 피렌체로 여행을 떠남.
1983년	9월 어머니를 양로원에서 집으로 모셔옴. 12월 '내면일기'로 분류되는『나는 나의 밤을 떠나지 않는다』 집필을 시작함. 치매에 걸린 어머니가 사용한 문법적으로 어긋난 문장을 그대로 작품의 제목으로 차용함.
1984년	2월 퐁투아즈 병원으로 어머니를 모심. P(『나는 나의

밤을 떠나지 않는다』에서는 A)를 클로드 G.를 기다릴 때처럼 기다림.『자리』를 발표해 르노도상을 수상함.

1986년 4월 7일 어머니가 80세의 나이로 퐁투아즈노인요양원에서 사망함. 4월 20일부터『한 여자*Une femme*』를 쓰기 시작해 이듬해 2월 26일에 마침. 4월 28일『나는 나의 밤을 떠나지 않는다』를 탈고함.

1988년 『한 여자』를 발표함. 9월 25일 러시아에서『단순한 열정*Passion simple*』에 등장하는 A(『탐닉』에 등장하는 S와 동일인물)를 만남. 9월 27일부터『단순한 열정』의 내면일기『탐닉*Se perdre*』집필을 시작함.

1989년 9월 피렌체를 여행함. 11월 15일 A가 모스크바로 떠남.

1990년 1월『부끄러움』집필을 시작함. 4월 9일『탐닉』을 탈고함.

1991년 1월 20일 A를 다시 만남.『단순한 열정』을 출간함.

1992년 11월 서른세 살 연하의 필립 빌랭을 만남.

1993년 1985년부터 7년간 쓴 일기를 모은『바깥 일기*Journal du debors*』를 출간함.

1996년 10월『부끄러움』을 탈고함.

1997년 『나는 나의 밤을 떠나지 않는다』와『부끄러움』을 출간함. 1월 필립 빌랭과 결별함(그해 빌랭은『단순한 열정』의 서술방식을 차용해 아니 에르노와의 사랑을 다룬 소설『포옹*L'Étreinte*』을 발표함).

1999년 2월부터 10월까지『사건』을 집필해 이듬해에 출간함.

2000년 1993년부터 1999년까지 쓴 일기를 모은『밖의 삶*La Vie extérieure*』을 출간함.

2001년 『탐닉』을 출간함. 5~6월, 9~10월『집착*L'Occupation*』을 집필하고 이듬해에 출간함.

2002년	작품세계에 지대한 영향을 끼친 사회학자 피에르 부르디외가 사망하자 〈르몽드〉에 「부르디외, 슬픔」을 기고함. 10월 3일 유방암 때문에 처음으로 퀴리연구소를 방문함.
2003년	2001년 6월부터 2002년 9월까지 프레데리크 이브자네 교수와 이메일로 나눈 대담 『칼 같은 글쓰기*L'Écriture comme un couteau*』를 출간함. 발두아즈주洲에서 그녀의 이름을 딴 '아니 에르노 문학상'이 제정됨. 1월 22일 마크 마리를 처음 만남.
2004년	5월 24일 마지막으로 화학치료를 받음. 10월 22일 『사진의 용도*L'Usage de la photo*』 서문을 작성함. 이후 마크 마리와 함께 글과 사진 작업을 계속해 2005년에 발표함.
2008년	『세월*Les années*』로 마르그리트 뒤라스 상, 프랑수아 모리아크 상, 프랑스어상 수상에 이어 2009년 텔레그람 독자상을 수상함. 『집착』을 스크린으로 옮긴 영화 〈다른 사람〉을 상영함.
2011년	『다른 딸*L'Autre fille*』과 『검은 아틀리에*L'Atelier noir*』를 발표함. 열두 편의 자전소설과 사진, 미발표 일기들을 담은 선집 『삶을 쓰다*Écrire la vie*』가 생존 작가로는 최초로 갈리마르 콰르토총서로 발간됨.
2013년	『이브토로 돌아가다*Retour à Yvetot*』를 발표함.
2014년	『빛을 바라봐, 내 사랑*Regarde les lumières, mon amour*』을 발표함.
2016년	『여자아이 기억*Mémoire de fille*』을 발표함.
2020년	『삶을 쓰다』에 실린 글을 엄선해 새롭게 『카사노바 호

텔*Hôtel Casanova et autres textes brefs*』을 출간함.

2022년   "사적인 기억의 근원과 소외, 집단적 억압을 용기와 임상적 예리함을 통해 탐구한 작가"라는 찬사와 더불어 노벨문학상을 수상함. 『젊은 남자*Le jeune homme*』를 출간함.

문학동네 세계문학전집 발간에 부쳐

세계문학은 국민문학 혹은 지역문학을 떠나 존재하는 문학이 아니지만 그것들의 총합도 아니다. 세계문학이라는 용어에는 그 나름의 언어와 전통을 갖고 있는 국민문학이나 지역문학의 존재를 인정하면서 그것을 넘어서는 문학의 보편적 질서에 대한 관념이 새겨져 있다. 그 용어를 처음 고안한 19세기 유럽인들은 유럽문학을 중심으로 그 질서를 구축했지만 풍부한 국민문학의 전통을 가지고 있는 현대의 문학 강국들은 나름의 방식으로 세계문학을 이해하면서 정전(正典)의 목록을 작성하고 또 수정한다.

한국에서도 세계문학 관념은 우리 사회와 문화의 변화 속에서 거듭 수정돼왔다. 어느 시기에는 제국 일본의 교양주의를 반영한 세계문학 관념이, 어느 시기에는 제3세계 민족주의에 동조한 세계문학 관념이 출현했고, 그러한 관념을 실천한 전집물이 출판됐다. 21세기 한국에 새로운 세계문학전집이 필요하다는 것은 명백하다. 우리의 지성과 감성의 기준에 부합하는 세계문학을 다시 구상할 때가 되었다.

문학동네 세계문학전집은 범세계적으로 통용되는 고전에 대한 상식을 존중하면서도 지난 반세기 동안 해외 주요 언어권에서 창작과 연구의 진전에 따라 일어난 정전의 변동을 고려하여 편성되었다. 그래서 불멸의 명작은 물론 동시대 세계의 중요한 정치·문화적 실천에 영감을 준 새로운 작품들을 두루 포함시켰다.

창립 이후 지금까지 한국문학 및 번역문학 출판에서 가장 전문적이고 생산적인 그룹을 대표해온 문학동네가 그간 축적한 문학 출판 경험을 바탕으로 새로운 세계문학전집을 펴낸다. 인류가 무지와 몽매의 어둠 속을 방황하면서도 끝내 길을 잃지 않은 것은 세계문학사의 하늘에 떠 있는 빛나는 별들이 길잡이가 되어주었기 때문이다. 우리가 자부심과 사명감 속에서 그리게 될 이 새로운 별자리가 독자들의 관심과 애정에 힘입어 우리 모두의 뿌듯한 자산이 되기를 소망한다.

문학동네 세계문학전집 편집위원
민은경, 박유하, 변현태, 송병선, 이재룡, 홍길표, 남진우, 황종연

세계문학전집 리커버

단순한 열정

인쇄일 2024년 12월 20일
발행일 2025년 1월 10일

지은이 아니 에르노 ｜ 옮긴이 최정수

책임편집 김경은 ｜ 편집 임선영
디자인 김이정 최미영 ｜ 저작권 박지영 형소진 최은진 오서영
마케팅 정민호 서지화 한민아 이민경 왕지경 정유진 정경주 김수인 김혜원 김예진
브랜딩 함유지 함근아 박민재 김희숙 이송이 김하연 박다솔 조다현 배진성
제작 강신은 김동욱 이순호 ｜ 제작처 영신사

펴낸곳 (주)문학동네 ｜ 펴낸이 김소영
출판등록 1993년 10월 22일 제2003-000045호
주소 10881 경기도 파주시 회동길 210
전자우편 editor@munhak.com ｜ 대표전화 031)955-8888 ｜ 팩스 031)955-8855
문의전화 031)955-1927(마케팅), 031)955-2686(편집)
문학동네카페 http://cafe.naver.com/mhdn
인스타그램 @munhakdongne ｜ 트위터 @munhakdongne
북클럽문학동네 http://bookclubmunhak.com

ISBN 978-89-546-1958-5 04860

www.munhak.com

● 문학동네 세계문학전집은 계속 출간됩니다